하루 10분 글쓰기의 힘

이 책을 소중한

_____님에게 선물합니다.

_____드림

1만 권의 책을 읽고 200권을 쓴 한책협 김도사의

하루 10분 글쓰기의 힘

김도사 지음

위닝북스

따라 쓰는 것만으로도 생각하고, 쓰기가 한 번에 단련된다!

그동안 살아오면서 꿈꾸었던 모든 것들을 이루었다. 그 과정에서 좋은 책을 읽고 그 내용을 따라 쓰고 마음에 새기는 것이 얼마나 중요한지 깨닫게 되었다. 나처럼 보잘것없는 사람이 100개의 꿈을 이루고 100억 부자가 될 수 있었던 것은 생생하게 상상하며 쓰는 글쓰기의 힘 덕분이었다고 해도 과언이 아닐 것이다.

나는 23년 동안 1만 권의 책을 읽었고, 200권이 넘는 책을 펴냈다. 그리고 8년간 900명의 평범한 사람들을 작가로 양성했다. 16권의 초·중·고등학교 교과서에 내 글이 실려 있다. 내가 쓴 책들 가운데 여러 권이 해외 여러 나라에 저작권이 수출되어 출간되었고, 2012년에는 고려대학교에 멘토로 활동했다. 지금은 네이버 카페 '한국책쓰기1인창업코칭협회'에서 사람들을 작가, 코치, 강연가, 1인 창업가로 만들기 위해 코칭하고 있다.

많은 사람들이 내게 성공 비결을 묻는다. 그들에게 즐겨 하는 말이다.

"책을 읽고, 쓰고, 생생하게 상상하세요. 그러면 거짓말처럼 이루어집니다. 그리고 당신의 이름으로 된 책 한 권을 쓰세요. 성공해서 책을 쓰는 것이 아니라 책을 써야 성공합니다."

　나는 수많은 책을 읽으면서 베껴 쓰고 마음에 새겼다. 좋은 문구를 읽고 따라 쓰면서 상상을 현실로 만드는 비밀을 알게 되었다. 우리가 어떤 상상을 하는 순간 창조가 시작된다. 하나님의 상상에 의해 우주 만물이 창조되었고 우리 눈에 보이는 모든 것들 역시 누군가의 상상에 의해 창조되었다. 당신도 이 책을 읽으면서 64일 동안 마음에 드는 문구를 따라 쓰고 좋은 상상을 한다면 분명 더 나은 인생을 만나게 될 것이다.

　나는 좋은 글을 읽고 따라 쓰고 상상하면서 값진 것을 얻을 수 있었다. 내가 상상하는 것들은 무조건 현실이 된다는 단단한 믿음을 가지게 된 것이다. 나는 원하는 것을 의식 속에서 선포한다. 상상 속에서 내가 원하는 것을 가지게 되었을 때 느끼게 될 감정과 기분을 생생하게 느껴 보고 취하게 될 행동을 해 본다. 상상 속에서 이루어진 행동은 그것의 모습과 동일하게 곧 외부세계에 모습을 드러낼 수 있도록 우주 만물에게 명령을 내린다. 세상 모든 것들은 그것이 실현되도록 분주하게 움직이기 시작한다. 나는 기적이나 창조는 이런 방식으로 이루어진다는 것을 잘 알고 있다.

2019년 10월

김도사

차 례

1

희망

오늘 내가 살아갈 이유

2

사랑

사랑은 나중에 하는 게 아니라
지금 하는 것이다

3

행복

행복의 마법은 끝이 없다

4

열정

제대로 실패해본 사람은
기회를 놓치지 않는다

1

희망

오늘 내가 살아갈 이유

따뜻한 말 한마디에 담긴 사랑

인간은 죽을 때까지 완전한 인간이 못된다.
- 플랭클린

🎵 　미국 테네시 주의 한 작은 마을에서 벤 후퍼라는 아이가 태어났습니다.

아이는 체구가 몹시 작고, 아버지가 누구인지 모르는 사생아였습니다. 마을 사람들은 자신의 자녀가 아버지가 누구인지도 모르는 벤 후퍼와 함께 노는 것을 원치 않았습니다. 때문에 자연히 친구들도 그를 놀리며 멸시했습니다.

벤 후퍼가 열두 살이 되었을 때였습니다.

마을의 교회에 젊은 목사님이 부임해 왔습니다. 벤 후퍼는 그때까지 교회에 가본 적이 없었습니다.

하지만 젊은 목사님이 가는 곳마다 분위기가 밝아지고 사람들이 격려를 받는다는 소문을 듣고 교회에 가보고 싶었습니다.

그래서 그는 예배 시간에 좀 늦게 예배당에 들어가 맨 뒷자리에 앉아 있곤 했습니다. 그러다 예배가 거의 끝날 시간이 되면 아무도 모르게 살짝 빠져나왔습니다.

몇 주가 지난 어느 주일이었습니다.

벤 후퍼는 목사님의 설교에 너무나 깊은 감명을 받았습니다. 잠시 감동에 젖어 있는 사이에 예배가 끝나 사람들이 밖으로 나가고 있었습니다. 벤 후퍼도 사람들 틈에 끼어 나오면서 목사님과 악수를 하게 되었습니다.

목사님은 벤 후퍼를 보고 말했습니다.

"네가 누구 아들이더라?"

갑자기 주변이 조용해졌습니다. 그때 목사님은 환한 얼굴로 벤 후퍼에게 말했습니다.

"그래, 네가 누구의 아들인지 알겠다. 너는 네 아버지를 닮았기에 금방 알 수 있어!"

목사님은 계속해서 말했습니다.
"너는 하나님의 아들이야! 네 모습을 보면 알 수 있거든!"

당황해하면서 교회를 빠져나가는 벤 후퍼의 등을 향해서 목사님은 말했습니다.

"하나님의 아들답게 훌륭한 사람이 되어야 한다!"

세월이 흘러 벤 후퍼는 주지사가 되었습니다. 주지사 벤 후퍼는 다음과 같이 말했습니다.

"그때 그 목사님을 만나서 내가 하나님의 아들이라는 말을 듣던 그날이, 바로 테네시 주의 주지사가 태어난 날입니다."

많은 사람들은 별빛이 참 아름답다고 말합니다. 그러나 별이 잠들지 못한 사람들의 밤길을 밝혀주기 위해 빛을 발한다는 것은 잘 알지 못합니다.

나는 밤하늘의 별을 생각하다 문득 이런 생각이 들었습니다.
그동안 나는 내 아픈 것만 알았지, 다른 사람 아픈 것은 정작 외면했다는 것을.
상대방에게 우쭐댈 줄만 알았지, 정작 상대방의 장점은 볼 줄 몰랐다는 것을.
그땐 마음의 눈이 너무나 어두웠습니다.

지금껏 나의 그런 모습들은 모두 나를 위한 것이었습니다.
하지만 앞으로는 모든 사람들을 따뜻한 시선으로 바라볼 생각입니다.
내가 먼저 그들에게 다가가 따뜻한 미소를 건넬 생각입니다.

당신이 생각하는 사랑의 색깔은 무엇인가요?

세상에서 가장 빠른 진통제

부지런히 일하고 노력하면 천하에 어려운 일이 없고,
참고 견디면 그 가정에 크나큰 평화가 함께한다.
- L.A. 세네카

미국에서 남북전쟁이 한창일 때, 에이브러햄 링컨은 종종 부상당한 병사들이 입원해 있는 병원을 방문했습니다.

한번은 의사들이 심한 부상을 입고 거의 죽음 직전에 있는 한 젊은 병사에게로 링컨을 안내했습니다.

링컨은 병사의 침상 곁으로 다가가서 물었습니다.

"내가 당신을 위해 할 수 있는 일이 없겠습니까?"

병사는 링컨을 알아보지 못했습니다.

그는 간신히 이렇게 속삭였습니다.

"저의 어머니에게 편지 한 통만 써 주시겠습니까?"

대통령은 정성스럽게 젊은이가 말하는 내용을 적어 내려갔습니다.

"보고 싶은 어머니, 저는 저의 의무를 다하던 중에 심한 부상을 당했습니다. 아무래도 회복하지 못할 것 같군요. 제가 먼저 떠나더라도 저 때문에 너무 슬퍼하지 마세요. 신께서 어머니와 아버지를 축복해주시기를 빌겠어요."

병사는 기력이 없어서 더 이상 얘기를 계속할 수 없었습니다. 그래서 링컨은 젊은이 대신 편지 말미에 서명을 하고 이렇게 덧붙였습니다.

"당신의 아들을 위해 미합중국 대통령 에이브러햄 링컨이 이 편지를 대신 썼습니다."

젊은 병사는 그 편지를 자신에게 보여 달라고 부탁했습니다. 그는 마침내 편지를 대신 써 준 사람이 누구인가를 알게 되었습니다.

깜짝 놀란 병사가 물었습니다.

"당신이 정말로 대통령이십니까?"
"그렇소. 내가 대통령이오."

그런 다음 링컨은 자신이 할 수 있는 다른 일이 없는가를 그에게
물었습니다.
병사가 말했습니다.

"제 손을 잡아주시겠습니까? 그렇게 해주시면 편안히 떠날 수 있
을 것 같습니다."

조용한 실내에서, 키가 크고 수척한 링컨 대통령은 청년의 손을
잡고 그가 숨을 거둘 때까지 그의 곁에 있어주었습니다.

누군가에게 힘이 되어줄 수 있는 사람은 희망을 주는 사람입니다.
또, 사랑하는 사람이 힘들어할 때 위로가 되어줄 수 있는 사람은 행복한 사람입니다.

이와 반대로 가족이나 친구로부터 사랑을 받지 못하는 사람은 참으로 불행한 사람입니다.
아무리 가진 재물이 많더라도 사랑을 재물로 살 수는 없기 때문입니다.

여러분, 곁에 있는 사람이 슬픔에 빠져 있습니까?
그렇다면 따뜻한 말 한마디와 함께 손 한번 잡아주세요.
따뜻한 사랑에 그는 다시 툭툭 털고 일어날 겁니다.
사랑은 세상에서 가장 빠른 진통제이니까요.

용기와 지혜를 주는 사람

불이 빛의 모체가 되는 것처럼, 사랑은 항상 평화의 모체가 된다.
- 칼라일

🌀 1936년 베를린 올림픽의 육상 4관왕이었던 제시 오웬스는 미국의 앨라배마에서 태어났습니다.

그는 흑인이라는 이유로 많은 차별을 받으면서도, 고등학교 시절 이미 육상 세 종목에서 세계신기록을 세우며 '검은 탄환'이란 별명을 얻었습니다. 하지만 베를린 올림픽에 참가한 오웬스는 힘겹게 경기를 풀어나가야만 했습니다.

그때 독일은 히틀러가 다스리고 있었으므로 베를린 올림픽은 온통 나치의 잔치였습니다. 히틀러의 마음속에는, 이 기회에 게르만 민족의 우수성을 자랑하려는 속셈이 있었습니다. 이런 이유로 오웬스와 같은 흑인이나 유색인들은 멸시와 차별을 받았습니다.

이런 분위기 속에서도 그는 100미터 달리기에서 첫 금메달을 차지해 나치주의자들을 놀라게 했습니다.

그런데 멀리뛰기 예선전에서 그는 흔들리기 시작했습니다. 그날 히틀러가 경기장에 나와서 독일 선수인 루즈 롱을 격려했기 때문입니다. 루즈 롱 다음에 오웬스가 뛸 차례였는데 히틀러가 얼굴을 찡그리고 자리를 뜨는 것이었습니다.

그 순간 오웬스는 화가 치밀어 평정을 잃고 말았습니다. 때문에 그는 자연히 1차 뛰기에 실패하고, 2차 뛰기에서도 금을 밟아 무효가 되고 말았습니다. 남은 기회는 단 한 번밖에 없었기에 그는 다리가 후들거렸습니다.

그때였습니다. 누군가가 그의 팔을 꽉 붙잡았습니다. 돌아보니 뜻밖에도 루즈 롱이었습니다.

루즈 롱은 오웬스를 보고 미소를 지으며 이렇게 말했습니다.

"오웬스, 당신은 훌륭한 선수입니다. 마음을 편하게 가지십시오. 히틀러는 신경 쓰지 마시고 용기를 내십시오."

그는 함께 금메달을 놓고 싸워야 하는 사람이, 그것도 독일인이 그런 말을 해주었다는 것이 믿기지 않았습니다.

루즈 롱의 이 말 한마디에 힘입어 그는 3차 뛰기에서 예선을 통과할 수 있었습니다. 그리고 결국 루즈 롱과 겨루어 금메달을 땄습니다.

시상식에서 루즈 롱은 그를 껴안고 진심으로 축하해주었습니다. 뒷날 오웬스는 이렇게 말했습니다.

"루즈 롱이 없었다면, 200미터 달리기, 400미터 이어달리기에서 금메달을 딸 수 없었을 것입니다. 올림픽 4관왕이 된 것보다 더 가슴 벅찬 일은 루즈 롱을 만난 것입니다."

인생은 외로운 마라톤 경기와 같습니다.
긴 거리를 달리는 동안 곳곳에는 오르막과 내리막이 있습니다.
그리고 자신의 뒤를 따르는 많은 경쟁자들로 인해 심리적 고통을 느끼게 됩니다.

하지만 이러한 고통을 극복할 수 있게 해주는 힘이 있습니다.
곳곳의 테이블 위에 놓아 둔 물과, 한마음으로 응원해주는 관중들입니다.
그들의 힘찬 박수갈채는 달리는 동안 외로움과 고통을 잊게 해줍니다.

인생에 있어서도 곁에서 용기와 지혜를 주는 사람이 있습니다.
자신의 힘으로 어쩌지 못하는 상황에 처했을 때,
말없이 다가와 등을 두드려주는 친구가 있습니다.

사람이 재산입니다.
당신 주위에는 어떤 사람들로 채워져 있습니까?

호주머니 속의 빵 몇 조각

다른 사람에게 피해를 주지 않는 것이
바로 자신이 피해를 입지 않는 가장 좋은 방법이다.
– 괴테

워털루 전쟁의 영웅 웰링턴 장군이 승전 기념 파티를 열었습니다. 육·해·공군의 장성과 공을 세운 장교들이 모두 모였습니다. 문득 웰링턴은 하객들에게 보석이 촘촘히 박힌 지갑을 자랑하고 싶었습니다. 그런데 방금까지 주머니에 있던 지갑이 사라져버렸습니다.

웰링턴은 하객들을 향해 소리쳤습니다.

"보석 지갑을 훔쳐 간 범인을 잡겠다. 문을 닫아라."

하객들은 호주머니 검사를 하자고 소리쳤습니다. 그때 한 노장군이 호주머니 검사를 반대했습니다. 사람들은 노장군을 의심의 눈빛으로 바라보았습니다. 노장군은 황급히 문을 박차고 밖으로 나가버렸습니다. 결국 노장군은 범인으로 몰리고 말았습니다.

어느덧 1년이 지나고 다시 파티가 열렸습니다.

외투를 입던 웰링턴은 순간 깜짝 놀라고 말았습니다. 도둑맞은 줄 알았던 보석지갑이 외투 주머니에 들어 있었기 때문이었습니다.

웰링턴은 황급히 노장군을 찾아가 용서를 구했습니다.

"왜 호주머니 검사를 거부했습니까?"

노장군이 대답했습니다.

"사실 그날 밤 아내와 아이들이 굶고 있었습니다. 그때 제 주머니에는 가족에게 주기 위해 파티 때 감춘 빵 몇 조각이 들어 있었습니다. 저의 초라한 모습을 다른 사람들에게 보여주기 싫었기에 검사를 거부했습니다."

그 말을 듣자 웰링턴은 통곡을 하며 다시 용서를 구했습니다. 웰링턴이 호화스런 잔치를 여는 동안 부하의 가족들은 굶주림에 통곡하고 있었기 때문이었습니다.

그 후로 웰링턴은 다시는 물건 자랑을 하지 않았다고 합니다.

자제력이 결핍되어 있는 사람은 많은 실수를 하게 됩니다.
이와 반대로 자신의 마음을 컨트롤할 수 있는 사람은 사람들로부터 인정을 받습니다.
때문에 인생을 살아가는 데는 많은 자제력이 필요합니다.

주위에는 수입보다 지출이 커 빚더미에 앉아 있는 사람들도 참 많습니다.

특히 요즘 뉴스에는 카드 빚 때문에 자살한 사람들의 얘기가 자주 보도됩니다.
참으로 가슴 아픈 일이 아닐 수 없습니다.
자제력만 있었다면 모두가 행복하게 살아갈 사람들일 테니까요.

이 모든 것들이 마음을 컨트롤할 수 없었기에 일어난 일입니다.
꿈이 있는 사람은 자신을 조절할 수 있는 자제력을 길러야 합니다.
모든 힘은 자제력에서 나오기 때문입니다.

_____

_____

_____

_____

_____

_____

우리는 때때로 실수하며 살아갑니다.
나와 타인의 실수에 대해 얼마나 관대합니까?

_____

_____

_____

_____

_____

_____

05

따뜻한 말 한마디에 깃든 행복

만일 똑같은 사람이 2명 존재한다면,
세상은 그들을 받아들이기에 넉넉할 만큼 충분히 넓지 못하다.
— 칼릴 지브란

남북전쟁이 한창이었을 때, 매클란 장군은 가장 뛰어난 장군 중의 한 사람이었습니다.

하루는 링컨 대통령이 그를 격려해주기 위해 국방장관을 대동하고 야전사령부를 방문했습니다. 링컨은 몇 시간 동안이나 사령관실에 앉아서 그를 기다려야 했습니다. 많은 시간이 흐른 뒤에야 장군이 들어왔습니다. 하지만 그는 방 안에 앉아 있는 대통령과 장관을 본체만체하면서 그냥 2층 자기 방으로 올라가는 것이었습니다. 링컨과 국방장관은 서로 얼굴을 쳐다보곤, 장군이 곧 내려오리라 생각하며 다시 의자에 앉아서 그를 기다렸습니다. 하지만 한참 후에야 하녀가 와서는 이렇게 말하는 것이었습니다.

"죄송합니다만 장군께서는 너무 피곤해서 잠자리에 드셨다고 대통령께 말씀드리라고 이르셨습니다."

하녀의 말에 더욱 놀란 쪽은 국방장관이었습니다. 일개 장군이 직속상관인 자신은 고사하고, 감히 한 나라의 대통령마저도 그렇게 무시할 수는 없는 일이었기 때문입니다.

화가 치민 국방장관은 링컨에게 이렇게 말했습니다.

"각하, 저렇게 무례한 놈은 제 생전에 본 적이 없습니다. 대통령께서는 저 장군을 당장에 직위 해제시키셔야 합니다."

그러나 링컨은 잠시 침묵을 지키더니 장관에게 낮은 어조로 다음과 같이 말했습니다.

"아닙니다. 저 장군은 우리가 이 전쟁을 이기는 데 절대적으로 필요한 사람입니다. 저 장군 때문에 단 한 시간만이라도 이 유혈의 전투가 단축될 수 있다면, 나는 기꺼이 그의 말고삐를 잡아주고 그의 군화도 닦아줄 것입니다. 나는 그를 위해서라면 무슨 일이든 다 할 생각입니다."

가끔 친구와 사소한 말다툼을 하며 친구에게 심한 상처를 주기도 합니다.
또, 격한 감정에 친구를 보지 않겠다며 등을 돌리기도 하지요.

그 순간에는 자신의 잘못을 깨닫지 못합니다.
하지만 많은 시간이 지난 뒤에는 스스로 자신의 잘못을 깨닫게 됩니다.

여러분, 가끔은 자신을 돌아볼 줄 알아야 합니다.
조금만 더 말과 행동에 신경 쓴다면 다른 사람에게 상처 대신 따뜻한 마음을 줄 수 있습니다.
자신의 말 한마디 속에 기쁨과 행복,
슬픔이 숨어 있다는 것을 잊지 않는 여러분이 되길 바랍니다.

06

감출수록 고통스러운 것

불행의 원인은 늘 나 자신에게 있다.
- 파스칼

〰️ 옛날 어느 나라에 새 옷을 좋아하는 왕이 살고 있었습니다.

왕은 하루에도 몇 번씩 옷을 갈아입는 취미를 가지고 있었습니다. 나라 일은 돌보지 않고 새 옷 자랑을 하는 데만 신경을 썼습니다.

어느 날 왕을 속이려는 나쁜 사람들이 나타났습니다.

왕을 찾아온 2명의 사기꾼은 자신들이 아주 훌륭한 옷을 만드는 재단사라고 거짓말을 했습니다.

"저희들은 세상에서 가장 아름다운 옷감을 짤 수가 있답니다. 그 옷감으로 만든 옷은 아름다울 뿐 아니라 아주 신비하답니다."

2명의 사기꾼은 왕에게 거짓말을 잔뜩 늘어놓았습니다.

'그런 신비한 옷이 있다면 누가 똑똑하고 바보인지 금방 가려낼 수 있겠구나.'

왕은 마음속으로 이렇게 생각했습니다.

사기꾼들이 옷감을 짜기 시작한 지 며칠이 지났습니다. 왕은 옷이 궁금해져 현명한 대신을 사기꾼들에게 보냈습니다.

하지만 대신이 아무리 눈을 크게 뜨고 보아도 빈 베틀만 보일 뿐이었습니다.

'이럴 수가, 내가 바보란 말인가. 정말 큰일이군.'

대신은 너무 놀랐습니다. 그러고는 자신이 바보라는 것을 들키지 않기 위해 이렇게 말했습니다.

"오, 정말 아름답군요. 내 생전에 이렇게 아름다운 색깔과 무늬를 가진 옷감은 처음 봅니다."

옷이 완성되자 사기꾼들은 왕에게 옷을 입어보라고 권했습니다. 왕은 옷감이 보이지 않는 것을 알면서도, 바보라는 것을 대신들에게

들킬까 봐 옷에 대한 칭찬을 늘어놓았습니다.

"정말 눈부시게 아름다운 옷감이로다. 내 맘에 꼭 드는군. 다음 행차 때 이 옷을 입어야겠다."

왕은 기분이 좋아 사기꾼들에게 큰 상을 내렸고, 사기꾼들은 상을 받자마자 달아났습니다.

어느 날 왕과 신하들이 행차에 나섰고, 사람들은 바보가 되지 않기 위해 모두 새 옷을 칭찬했습니다.

그때였습니다. 한 꼬마가 왕을 가리키면서 외쳤습니다.

"임금님은 아무것도 입지 않았어요."

그러자 다른 아이들도 덩달아 같이 외쳤습니다.

"임금님은 벌거벗었다."
"임금님은 벌거숭이다."

인생을 살면서 다른 사람을 단 한 번도 속이지 않은 사람은 없습니다.
때에 따라서는 선의의 거짓말도 하니까요.

대부분의 사람들은 자신의 잘못을 누군가가 보지 않았다면 감추어버립니다.
하지만 피한다고 해서 해결되는 것은 아닙니다.
오히려 떳떳하게 자신의 실수를 인정한다면 용서를 받을 수 있습니다.
아무리 큰 잘못을 저질렀다 해도
진심으로 반성하는 사람에게는 관대해지게 마련이기 때문입니다.

자신의 잘못을 인정하는 것은 부끄러운 일이 아니라 아름다운 일입니다.

07

간절히 원하면 반드시 이뤄진다

행복은 배우는 일이다. 자신을 실험하는 용기를 가져야 한다.
– 세르반테스

    간절히 원하면 반드시 이루어진다는 말이 있습니다. '간절히' 라는 말 속에는 꼭 이루고 말겠다는, 이루기 전에는 절대로 포기하지 않겠다는 뜻이 담겨 있습니다.

많은 사람들이 성공을 향해 달려가지만 중간에서 쉽게 좌절하고 맙니다. 이유는 시작할 때 장애물에 대한 두려움을 느꼈기 때문입니다.

하지만 장애물은 어떠한 일에도 존재하게 마련입니다. 성공을 원한다면 길을 가로막는 장애물을 반드시 치워야 합니다.

옛날 어느 위대한 장군이 전쟁터에서 중대한 결단을 내려야 할 상황에 몰렸던 일이 있었습니다.

1천 명 남짓한 병사를 거느리고, 1만 명이 넘는 용병이 기다리고 있는 적진 한가운데로 쳐들어가지 않으면 안 될 상황에 처해 있었습니다.

장군은 병사들을 각 선박에 나누어 태운 뒤 가만히 적진으로 숨어 들어갔습니다. 군사와 무기와 탄약을 모두 배에서 하선시킨 뒤 장군은 모든 배를 불살라버리라고 명령했습니다.

활활 타오르는 배들을 가리키며 장군은 말했습니다.

"제군들, 지금 우리의 배는 화염에 휩싸여 불타고 있다. 우리들에게는 이제 도망갈 배조차 없다. 그러므로 싸워서 이기는 것, 이외에는 살아서 돌아갈 길이 없다. 우리에게는 승리가 아니면 전멸이 있을 뿐이다."

놀랍게도 그들은 결국 싸움에서 승리할 수 있었습니다.

승리를 얻기 위해 스스로 배를 불태워 퇴각하기 위한 모든 수단을 끊어버렸기에 이길 수 있었던 것이었습니다.

아주 오래전에 미국의 시카고에서 큰 화재가 발생한 적이 있었습니다.

상인들은 길모퉁이에 모여 이곳에 다시 가게를 짓느냐,
아니면 좀 더 장래성이 있는 다른 곳으로 옮기느냐를 의논하고 있었습니다.
결국 단 한 사람을 제외하고는 모두 시카고를 떠나기로 결의했습니다.

이곳에 머물러 가게를 재건하기로 결정한 한 사람은
불탄 곳을 가리키며 이렇게 말했습니다.

"여러분, 앞으로 몇 번이고 화재를 당해도
나는 반드시 이 자리에 세계에서 가장 큰 가게를 재건할 것입니다."

이렇게 해서 그때 세워진 빌딩은 지금도 그 자리에 웅장하게 서 있습니다.
꼭 이루어야 할 꿈이 있다면, 간절함으로 꿈을 향해 걸어가십시오.
그러면 어느새 성공이라는 정상에 도달해 있는 자신을 발견할 것입니다.

간절함은 우주마저 나를 돕게 하는 힘입니다.
당신의 간절함은 어디를 향해 있습니까?

_____

_____

_____

_____

_____

_____

_____

_____

_____

_____

_____

_____

_____

_____

_____

1장_ 오늘 내가 살아갈 이유

08

사막이 아름다운 것은

해야 할 것을 하라. 모든 것은 타인의 행복을 위해서.
동시에 특히 나의 행복을 위해서 하는 것이다.
– 톨스토이

생텍쥐페리가 쓴《어린 왕자》에 나오는 글입니다.

"나는 목이 말라…… 우물을 찾으러 가…….."

나는 소용없다는 몸짓을 했다. 광활한 사막 한가운데에서 무턱대
고 우물을 찾아 나선다는 건 터무니없는 짓이기 때문이다. 그런데도
우리는 걷기 시작했다.

"너도 목이 마르니?"

내가 물었다.

하지만 그는 내 물음에 대답하지 않고 그저 이렇게만 말했다.

"물은 마음에도 좋은 것일 수 있는데……."

나는 그의 대답을 이해하지 못했으나 잠자코 있었다. 그에게 질문해서는 안 된다는 것을 나는 알고 있었다.

그는 지쳐 있었다. 그는 주저앉았다. 나도 그의 곁에 앉았다. 그러자 잠시 침묵을 지키던 그가 다시 입을 열었다.

"별들은 아름다워. 보이지 않는 한 송이 꽃 때문에……."

나는 "그렇지."라고 대답하고는 말없이 달빛 아래에 주름처럼 펼쳐져 있는 모래언덕들을 바라보았다.

"사막은 아름다워."

그가 다시 말했다.

그것은 사실이었다. 나는 언제나 사막을 사랑해 왔다. 사막에서는 모래언덕 위에 앉으면 아무것도 보이지 않는다. 아무 소리도 들리지 않는다. 그러나 무엇인가 침묵 속에서 빛나는 것이 있다.

"사막이 아름다운 것은 그것이 어딘가에 샘을 숨기고 있기 때문이지……."

어린 왕자가 말했다.

어린 왕자의 말처럼 사막이 아름다운 것은,
사막이 어딘가에 샘을 숨기고 있기 때문입니다.
자신이 서 있는 곳에서 샘을 발견할 수 없다 해도
어딘가에 샘이 있다는 희망은 지친 우리를 일어서게 합니다.

만약, 어린 왕자가 이 지구에서 오래 살았다면 이런 말도 남겼을 테지요.
이 세상이 아름다운 것은,
어딘가에 꺼지지 않는 희망이 있기 때문이라고.

삭막한 이 세상에서 어린 왕자를 만나고 싶다면 네이버 카페 한책협에 오시면 됩니다.
가슴 뛰는 꿈을 향해 나아가는 사람들과 함께할 수 있습니다.

사막이 아름다운 것은 어딘가에 '샘'을 숨기고 있기 때문입니다.
인생이 아름다운 것은 '희망'이 있기 때문입니다.

09

따뜻한 기억들

오직 한가지 우리가 두려워해야 할 일은 두려움 그 자체다.
– 루즈벨트

벤저민 웨스트는 자신이 그린 스케치를 보고 감탄한 어머니의 키스 때문에 화가가 되었다고 합니다.

사람은 살아가면서 환경의 지배를 참 많이 받습니다. 때문에 어떠한 환경 속에서 성장했느냐는 한 사람이 살아가는 데 아주 지대한 영향을 끼칩니다.

긍정적인 생각을 하는 가족들 속에서 자란 사람은 항상 긍정적인 생각을 갖고 생활합니다. 하지만 부정적인 생각을 하는 가족들 사이에서 자란 사람은 항상 부정적이 생각에 사로잡혀 있습니다. 그러다 보니 어떤 일을 함에 있어 "난 할 수 없을 거야!", "내가 어떻게 할 수 있겠어!" 하며 쉽게 포기하게 되는 것입니다.

그렇기에 사람의 인생은 성장할 때의 환경에 달렸다고 해도 과언이 아닙니다.

다섯 살 된 아이가 아버지로부터 호되게 매를 맞았습니다.

아이는 호기심으로 교회의 헌금 주머니에서 동전 하나를 훔쳤던 것이었습니다.

아이는 그날의 실수를 교훈 삼아 평생 단 한 번도 남의 것에 손을 대지 않았습니다. 뿐만 아니라 정직한 삶을 살기 위해 노력했습니다.

살면서 거액의 돈을 벌어들일 수 있는 몇 번의 기회가 그에게 찾아왔지만, 그는 이를 단호히 거부했습니다. 그의 정직성은 갈수록 빛을 발했고, 훗날 그는 미국의 대통령에 당선되었습니다.

지미 카터 전 대통령은 지금도 어린 시절의 기억을 떠올리며, 남을 돕는 일에 앞장서고 있습니다.

어린 시절의 아버지의 사랑의 매는, 그의 일생에서 가장 중요한 기억이자 가르침이었습니다.

어릴 적에 자상하고 따뜻한 마음을 가진 부모님 밑에서 성장한 아이들은
그 따뜻한 마음을 그대로 배웁니다.

그리고 먼저 상대방을 이해해주고 배려해주는 마음을 갖게 됩니다.

그러나 이와 반대로 가정불화가 심한 가정에서 자란 아이들의 표정은 언제나 어둡습니다.

가장 가까이 있는 부모님의 얼굴에 배어 있는 근심과 걱정에 전염되기 때문입니다.
이런 아이들은 긍정적인 생각보다는 부정적인 사고를 가지기 쉽습니다.

사람들은 인생을 살아가면서 뜻하지 않은 시련에 좌절하기도 합니다.

하지만 이런 시련에도 다시 일어설 수 있는 것은
마음속 어딘가에 따뜻한 기억들이 있기 때문입니다.

10

명예로운 약속

강요당한다고 절대로 말하지 마라.
그리고 지킬 수 없는 것은 말하지 마라.
- J.R.로우얼

로마 공화국과 카르타고 제국 사이에 벌어진 포에니 전쟁 때의 일입니다.

엎치락뒤치락하는 치열한 전투가 계속되는 중에 카르타고 군이 열세에 몰렸습니다. 그때 불행히도 로마의 레규러스 장군이 카르타고 군의 포로가 되고 말았습니다.

카르타고 군은 처음에는 그를 처형하기로 의견을 모았습니다.

하지만 점점 전세가 불리해지자 논의 끝에 그를 휴전협상에 이용하기로 하고 그에게 한 가지 제안을 했습니다.

"장군, 우리는 로마와 휴전하기를 원하오. 장군의 주선에도 로마가 강화에 응하지 않는다면 장군은 다시 이 감옥으로 돌아올 것을 약속해야 하오."

레규러스 장군은 당장 살기 위해서 로마로 돌아갈 것인지, 여기서 명예롭게 죽음을 택할 것인지 심각한 갈등에 빠졌습니다.

결국 그는 자신이 죽기 전에 조국을 위해 해야 할 일을 깨닫고는 그들의 요구를 받아들였습니다.

얼마 뒤 로마로 돌아가게 된 장군은, 그의 귀국을 진심으로 기뻐해주는 황제에게 자신이 돌아온 이유를 차근차근 설명했습니다.

"나는 그들에게서 강화를 주선하라는 요구를 받고 돌아왔습니다. 하지만 강화에 응하지 말라고 권하고 싶습니다. 지금 카르타고는 심한 혼란 속에 있기에 우리가 조금만 더 버티면 그들은 곧 스스로 망하고 말 것입니다."

그는 자신이 알고 있는 카르타고의 실정과 군사 정보를 상세히 알려준 뒤, 자신은 그들과의 약속대로 카르타고로 다시 돌아가야 한다고 말했습니다. 그때 곁에 있던 많은 사람들이 그를 만류했습니다.

하지만 그는 단호히 이렇게 말했습니다.

"만일 내가 돌아가지 않는다면 그들은 모두 로마인들을 거짓말쟁이라고 비웃을 것입니다. 이것은 나 개인이 아닌, 로마제국 전체의 명예와 신의에 관계되는 일입니다. 비록 적과의 약속이지만 지킬 것은 지켜야 합니다."

약속은 어떠한 일이 있어도 지켜야 합니다.
지킬 수 없다면 차라리 처음부터 약속을 하지 말아야 합니다.

며칠 전, 나는 서울에 있는 친구와 만나기로 약속을 한 적이 있었습니다.
그 친구를 2년 만에 보기에 나의 마음은 들떠 있었습니다.

그러나 정작 친구는 30분이 지나고, 한 시간이 지나도 오지 않았습니다.
순간 저의 마음은 허탈함과 원망으로 가득 찼습니다.

그때 나는 지난날의 자신을 돌아보게 되었습니다.
나 또한 살아오면서 얼마나 많은 약속을 어겼을까.
그들은 또 얼마나 내게 서운했을까, 라는 생각이 들었습니다.

이런 생각을 하다 보니 친구에 대한 원망보다는
혹시 친구에게 무슨 좋지 않은 일이 생긴 건 아닌지 하는
걱정스러운 마음으로 바뀌었습니다.

당신은 자주 지키지 못하는 약속을 남발하지 않습니까?

11

몽테스키외와 뱃사공 형제

미움은 결코 미움으로 없어지는 것이 아니라,
사랑으로 없어진다.
— 부처

루소, 볼테르와 더불어 계몽주의 사상의 대표적인 인물인 몽테스키외는 20여 년 동안 법을 연구해 《법의 정신》이란 책을 펴냈습니다.

너무도 유명한 이 책은, 오늘날 국가 권력의 기본인 입법, 사법, 행정의 삼권분립을 내용으로 담고 있습니다.

몽테스키외는 법을 연구하는 사람들에게 늘 어려운 이론보다는 주위의 사람들과 그들의 생활에 관심을 가질 것을 당부했습니다. 그는 여행을 통해 사람들을 만나고 그들과 더불어 잘 살 수 있는 사회를 만들고자 연구했습니다.

어느 날 그가 프랑스의 남쪽을 여행하고자 배를 타고 강을 건널 때의 일화입니다.

강물 빛에 매료된 몽테스키외는 하염없이 물빛을 바라보다가 문득 물빛에 비친 두 뱃사공의 수심 가득한 얼굴을 보게 되었습니다.

"이토록 눈부시게 아름다운 봄이 찾아왔는데 무슨 고민이 있습니까?"

몽테스키외의 말이 이미 강물 속으로 스며들고 긴 침묵이 이어진 뒤에야 비로소 뱃사공의 말이 이어졌습니다.

"저희 둘은 형제입니다. 아버지는 지중해를 사이에 두고 무역을 하는 상인이었는데, 그만 해적에게 잡혀 노예로 팔려 갔지요. 해적들은 돈 4천 냥을 주어야 풀어주겠다고 하지만 우리에겐 그런 돈이 없습니다."

형의 말에 아직 나이가 어린 동생은 눈물을 쏟고 있었습니다. 두 형제는 낮에는 뱃사공으로 밤에는 구슬을 꿰며 돈을 모으고 있었습니다.

선착장에 도착하자, 몽테스키외는 바로 은행으로 달려가서 뱃사공 형제에게 4천 냥을 송금해 주었습니다.

하지만 형제들은 파리에서 온 그 돈을 누가 보냈는지 알 수가 없었습니다. 노예에서 자유인으로 돌아온 아버지와 함께 그에게 고마움을 전하고 싶었지만, 그를 찾을 수는 없었습니다.

몽테스키외는 66세의 나이로 세상을 떠났습니다. 그때 친구들은 그를 추모하기 위한 전집을 발간했습니다. 그때 발견된 그의 일기에 뱃사공 형제의 이야기가 기록되어 있었습니다.

언제까지나 아름다운 향기를 날릴 것 같은 꽃도 찬 바람이 불면 땅에 떨어집니다.
이렇듯 우리에게도 늘 좋은 일만 있기를 기대할 순 없습니다.

삶이라는 바람은 언제나 자신이 원하는 방향으로 불어주지 않습니다.
항상 평온하고 순탄할 것 같은 바다에도 때로 폭풍우를 동반한 큰 파도가 몰아치곤 합니다.

때문에 우리는 언제, 어디서 힘든 시련과 맞닥뜨릴지 알 수 없습니다.
그렇기에 평소에 준비성 있는 태도로 생활해야 합니다.
이렇게 준비된 생활은 거친 파도와 같은 시련이 닥쳐오더라도
슬기롭게 대처할 수 있게 해줍니다.

시련은 대나무 마디와 같습니다.
나를 더욱 더 단단하게 만들어줍니다.

12

희망의 씨앗

높은 곳에 오르려면 자기 발로 올라가라. 남에 의해 운반되어서는 안 된다.
– 니체

주위에는 성공한 경영인이 있습니다. 자주 접하는 뉴스나 신문에는, 성공한 경영인에 대한 보도와 기사가 자주 나오곤 합니다.

그런 사람들의 얘기를 들을 때 참 많은 것을 느끼게 됩니다. 가장 먼저 그들이 겪었던 시련을 통해 나 자신도 할 수 있겠구나, 라는 용기를 갖게 됩니다.

하지만 성공한 경영인은 한 나라 전체로 볼 때 아주 극소수에 불과합니다. 왜냐하면 누구나 쉽게 성공할 수 없기 때문입니다.

법정관리 중인 일화를 이끌었던 이종배 사장은 회사 안팎에서 '마라톤 전도사' 로 불렸습니다.

그는 10여 년 전에 열렸던 2003 동아 서울국제마라톤대회에 출전해, 42.195킬로미터의 풀코스를 세 시간 33분 20초에 완주했습니다. 또, 미국 보스턴 마라톤대회 출전 자격을 얻게 되었습니다. 그 전해 겨울 매일 오전 5시에 일어나 머리에 손전등을 매달고 집 뒷산을 내달린 결과였습니다.

그의 '마라톤 경영'은 법정관리 상태인 일화에 생기를 불어넣는 원동력이 되었습니다.

1999년 법정관리인으로 부임한 그는, 회사 내에 마라톤 붐을 일으켜 전 직원 500여 명 가운데 350여 명이 각종 마라톤 대회에 참가하는 '마라톤 기업' 문화를 만들었습니다.

그 당시 그는 모 일간지 기자와의 인터뷰에서 이렇게 말했습니다.

"처음 부임했을 때 직원 절반이 구조조정으로 회사를 떠나고, 월급 대신 음료수를 줄 정도로 회사가 어려웠습니다. 직원들을 하나로 묶는 구심점으로 마라톤을 떠올렸습니다."

그가 직접 나서서 각종 마라톤대회에 출전하자, 직원들도 하나둘 뛰기 시작했습니다.

마라톤대회마다 일화 유니폼을 입은 '마라톤 홍보단'이 나타났습니다. 경쟁사의 10분의 1에도 못 미치는 광고 홍보비를 보완하려면 직원들이 발로 뛸 수밖에 없었습니다.

직원들의 마음이 하나가 되면서 회사도 살아나기 시작했습니다. 그는 매일 아침 뛰면서 그날 할 일을 정리하고, 마라톤으로 인연이 맺어진 직원 이름을 모두 외웠습니다. 이런 노력을 인정받아 그는 법정관리인에 연임될 정도로 경영능력도 인정받았습니다.

성공한 기업들의 경영인을 보면
사람을 소중하게 여긴다는 것을 알 수 있습니다.
자신이 높은 자리에 있음에도, 아랫사람을 동등하게 대합니다.
남을 먼저 아끼고 배려할 줄 알아야
자신도 타인에게 똑같이 대우받을 수 있다는 것을 알기 때문입니다.

이와 반대로 자신보다 지위가 낮다고 해서 함부로 대하는 사람은
어디서나 환영받지 못합니다.
그 사람 앞에서는 모두들 달콤한 말을 하지만, 뒤 돌아서서는 비난을 쏟아냅니다.

세상에는 귀하고 값진 것이 참 많습니다.
그러나 가장 귀하고 값진 것은 인연입니다.
인연을 소중하고 아름답게 가꾸어나갈 때, 자신의 삶 또한 풍요로워지고 소중해집니다.

13

얼굴 없는 천사

🦋　15년 동안 익명으로 총 6억 달러를 기부해 온 사람이 있습니다. 그는 바로 미국의 재산가 찰스 피니였습니다. 피니는 가난한 집안에서 태어나 자수성가한 대표적인 인물로 알려져 있습니다.

그는 뉴욕에 있는 코넬 대학을 다녔는데, 군복무를 전제로 정부에서 학자금을 받아 수업을 들었습니다. 또, 틈틈이 샌드위치 장사를 해서 궁핍한 생계를 유지했습니다. 피니에게 행복한 인생이 펼쳐진 것은 군을 제대한 1970년대 초, 대학 친구들과 공항면세점 체인을 설립하면서부터였습니다.

피니의 사업은 날로 확장되어 1996년에는 매출액이 약 30억 달러에 달할 정도가 되었습니다. 사업이 안정권에 들자, 피니는 곧바로 비영리재단을 설립했습니다. 그는 가명으로 된 자기앞수표를 쓰는 등 철저히 자신을 숨기면서 회사의 운영자금을 제외한 대부분의 돈을 사회단체에 기부했습니다.

총 기부액 6억 달러 가운데 47%는 대학에, 24%는 국제기구에, 19%는 고아원과 양로원으로 돌아갔습니다. 피니의 선행이 세간에 알려지자, 미국 언론들은 앞다투어 '얼굴 없는 천사'를 찾기 위해 온갖 노력을 기울였지만 피니가 철저히 숨긴 탓에 허사로 끝나고 말았습니다.

그러나 진실은 15년 만에 한 시민에 의해 아주 우연하게 드러났습니다.

피니가 면세점의 일부 상점을 프랑스의 회사에 매각하는 과정에서 새 주인이 회계장부를 들여다보게 되었는데 뜻밖에도 엄청난 액수의 기부금 내역을 보게 된 것이었습니다. 결국 면세점의 새 주인이 〈뉴욕 타임스〉에 제보함으로써 '얼굴 없는 천사'의 실체가 밝혀지게 되었습니다.

전화 인터뷰 과정에서 알게 된 또 하나의 놀라운 사실은, 거부 피니는 고작 15달러짜리 시계를 15년째 쓰고 있었으며 집도 없고 자동차도 없는 검소한 생활을 하고 있었습니다.

인터뷰를 하던 기자가 그에게 기부를 하게 된 동기에 대해 물었습니다.

그때 그는 아주 소박하게 대답했습니다.

"저는 제가 필요한 것 이상의 많은 돈을 모았습니다. 돈은 매력적이긴 하지만 그 누구도 한꺼번에 두 켤레의 신발을 신을 수는 없습니다."

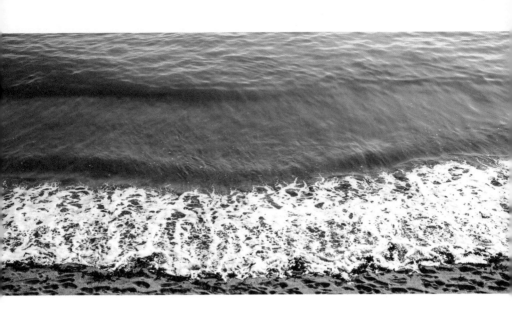

마음은 나눌수록 더욱 따뜻해지고 행복해집니다.
이 세상이 아직도 따뜻하게 느껴지는 것은
이런 따뜻한 마음 조각들이 모여 있기 때문입니다.

세상은 혼자 사는 것보다 둘이 살 때 아름답습니다.
둘보다 셋이, 넷이 더불어 살아갈 때 더욱 아름답습니다.

남모르게 선행을 하는 사람들 중에는 의외로 넉넉하지 않은 생활을 하는 경우가 많습니다.
이들이야말로 나누는 기쁨, 함께 누리는 행복을 실천하는 천사들임에 틀림없습니다.

인생은 그리 길지 않습니다.
때문에 사는 동안 많은 사람들에게 희망과 용기를 주는 여러분이 되길 바랍니다.

타인에게 희망과 용기가 되어주는 사람이 되세요.
세상은 그런 당신으로 인해 더욱 아름다워집니다.

14

시련 뒤에 가려진 희망

사막이 아름다운 것은 그것이 어딘가에 샘을 감추고 있기 때문이다.
– 어린왕자

🌀　　다음 이야기는 1992년, 내전이 한창이던 사라예보의 어느
빵 가게 앞길에서 있었던 일화입니다.

길 한복판에 긴 머리에 덥수룩한 수염을 기른 중년 남자가 첼로
를 들고 나타났습니다. 그는 검정색 양복을 입고서 불에 탄 의자 위에
앉아 첼로를 켜기 시작했습니다.

그 빵 가게는 빵을 사려고 줄을 서 있던 22명의 시민이 폭탄이
터지면서 모두 숨진 곳이었습니다.

그의 이름은 베드란 스마일로비치로 사라예보 오페라 극장 관현
악단의 단원이었습니다.

수세기 동안 사라예보에는 증오와 전쟁이 끊이지 않았습니다. 그

러나 증오와 전쟁 앞에서 그는 아무것도 할 수 없는 무력한 존재였습니다.

하지만 그는 하루도 빼먹지 않고 날마다 그 자리에 나타나 알비노니의 〈아다지오 G단조〉를 연주했습니다. 〈아다지오 G단조〉는 제2차 세계대전이 끝난 뒤 폐허가 된 독일의 드레스덴에서 타다 남은 악보를 기초로 해서 만든 곡이었습니다.

그는 전쟁의 폭격 속에서도 아름다운 음악을 연주하며 사라예보의 상처 입은 거리에서 평화를 갈망하는 사람들의 마음을 전하려고 했습니다.

언제 어디에서 총탄이 날아올지 모르는 두려움과 군인들의 위협에도 꿈쩍하지 않고 그는 최선을 다해 음악을 연주했습니다.

그의 연주는 22일 동안이나 쉬지 않고 계속되었습니다. 그리고 오래지 않아 그의 영혼에 감동을 받은 음악인들이 하나 둘 그 옆에 자리를 잡고 앉았습니다.

내전이 끝난 뒤, 스마일로비치가 첼로를 연주했던 곳에는 꽃이 놓이기 시작했습니다.

서로에게 총을 겨누었던 크로아티아인, 세르비아인, 회교도인, 기독교인 모두가 그를 기억했습니다.

베드란 스마일로비치가 연주했던 음악은 증오와 공포가 가득한 전쟁 속에서도 삶에 대한 희망과 평화에 대한 희망의 불씨가 되었습니다.

살아가다 보면 뜻하지 않게 힘든 시련에 놓이게 됩니다.

하지만 그렇더라도 결코 희망을 놓지 말아야 합니다.

깜깜하고 음습한 동굴 속에서도 한 줄기 희망을 놓지 않으면
반드시 밝은 빛을 볼 수 있습니다.
희망은 모든 잠긴 자물쇠를 여는 열쇠와도 같기 때문입니다.

우리가 겪는 시련은 소나기처럼 곧 그치게 마련입니다.
때문에 잠깐의 고통 때문에 삶의 희망을 잃어버려선 결코 안 됩니다.

여러분, 비가 그친 뒤에 피어나는 아름다운 무지개를 본 적이 있을 겁니다.
그렇듯이 우리네 인생에도 시련 뒤에는
반드시 기쁜 일이 찾아온다는 것을 잊지 말아야겠습니다.

우리가 겪는 시련은 소나기처럼 곧 그치게 마련입니다.
잠깐의 소나기 때문에 목적지가 흔들리고 있진 않은가요?

15

수용소에서 탄생한 '종말을 위한 4중주'

침상에 누울 때,
내일 아침 일어나는 것을 즐거움으로 여기는 사람은 행복하다.
— C. 힐티

올리비에 메시앙은 프랑스 아비뇽에서 태어났습니다.

그는 독학으로 피아노를 배우고 17세 때부터 이미 작곡을 시작한 뛰어난 음악가로 잘 알려져 있습니다. 그는 동양적인 리듬을 서양 음악에 접목시켜 서양 음악의 새로운 분야를 개척한 선구자였습니다.

세계대전이 한창일 무렵, 메시앙은 혈기 왕성한 청년이었습니다.

그는 유럽의 평화를 위해 보탬이 되고 싶은 생각에 군에 자원입대했습니다. 죽음을 눈앞에 두고도 의연하게 싸웠습니다.

하지만 그가 속한 부대는 패해 그는 독일군의 포로로 붙잡히는 신세가 되고 말았습니다. 그리하여 괴클리츠 수용소로 끌려가게 되었습니다.

철창에 갇힌 그는 언제 죽을지 모르는 상황에서 극심한 두려움에 휩싸였습니다.

메시앙은 불결한 수용소의 위생 상태로 인해 동료들이 죽고, 힘든 노동에 시달려 사람들의 얼굴이 늘 어둡다는 것을 알고는 자신이 해야 할 일이 있음을 깨달았습니다.

'내가 이곳에서 살아 있는 데는 분명 신의 뜻이 있을 것이다. 지금 괴로워하는 수용소 사람들을 위해 내가 할 수 있는 일이 있을 것이다.'

이렇게 생각한 메시앙은 그날부터 틈틈이 종이를 모았습니다. 그리고 악기도 구하기 힘든 수용소에서 그는 오선지 위에 음표를 채워 나갔습니다. 그렇게 탄생한 〈종말을 위한 4중주〉는 수용소에서 구할 수 있는 클라리넷, 바이올린, 첼로 그리고 피아노로 연주할 수 있게 작곡되었습니다.

이 곡은 철창 속에서 자유를 박탈당하고 불안에 떨던 5천여 명의 포로들의 마음을 달래 주었습니다.

올리비에 메시앙은 제2차 세계대전 이후에 이교적 엑조티시즘을 소재로 한 가곡집 《아라위, 사랑과 죽음의 노래》, 《튀랑갈리라 교향곡》, 《5개의 르샹》 등 많은 작품을 작곡했습니다.

사람들은 꽃을 보며 아름답다고 말합니다.
꽃이 진정 아름다운 것은
벌에게 아무런 욕심 없이 꿀을 내주는 배려가 담겨 있기 때문입니다.
이처럼 자신의 것을 선뜻 누군가에게 주는 마음은 감동을 줍니다.

사람도 마찬가지입니다.
상대방에게 어떠한 목적을 가지고 도움을 준다면 서로 감정만 상할 수 있습니다.
그러나 아무 사심 없이 도움의 손길을 내민다면 두 사람 모두 작은 행복을 느낄 수 있습니다.

우리가 세상을 살면서 할 수 있는 가장 가치 있는 일은 남을 사랑하는 일입니다.
진실로 우러나온 마음으로 사랑을 전하는 일입니다.

이런 삶을 살 때 우리의 마음은 언제까지나 행복할 수 있습니다.

16

어린 왕자를 이해 못하는 어른들

폭이 협소한 스커트처럼
편견은 발전의 계단을 잘 오르지 못하게 만드는 것이다
– 칼 킴비

〜〜〜   생텍쥐페리가 쓴 《어린 왕자》에 이런 이야기가 나옵니다.

어른들은 숫자를 좋아한다.

어른들은 새로 사귄 친구 이야기를 할 때면, 가장 긴요한 것은
물어보는 적이 없다.

"그 애 목소리는 어떻지? 그 애는 무슨 놀이를 좋아하지? 나비를
채집하지 않니?"

이런 말을 그들은 절대로 하지 않는다.

"나이가 몇이지? 형제는 몇이고? 체중은 얼마지? 아버지 수입은 얼마야?"

라고 그들은 묻는다. 그때서야 그 친구가 어떤 사람인지 알게 된 줄로 생각하는 것이다. 만약 어른들에게 "창턱에는 제라늄 화분이 있고 지붕에는 비둘기가 있는 분홍빛의 벽돌집을 보았어요."라고 말하면 그들은 그 집이 어떤 집인지 상상하지 못한다.

그들에게는 "10만 프랑이나 하는 집을 보았어요."라고 말해야만 한다. 그러면 그들은 "그거 정말 좋은 집이구나!"라고 소리친다.

그래서 "어린 왕자가 매혹적이었고, 잘 웃었고, 양 한 마리를 가지고 싶어 했다는 것이 그가 이 세상에 있었던 증거야. 어떤 사람이 양을 갖고 싶어 한다면 그건 그가 이 세상에 있다는 증거야."라고 말한다면 그들은 어깨를 으쓱하고는 여러분을 어린아이 취급을 할 것이다. 그러나 "그가 떠나온 별은 소혹성 B612호입니다."라고 말하면 수긍을 하고 더 이상 질문을 해대며 귀찮게 굴지 않을 것이다.

어른들은 다 그런 것이다. 그러나 그들을 나쁘게 생각해서는 안 된다. 어린아이들은 어른들을 항상 너그럽게 대해야만 한다.

아이들은 순수한 마음으로 사물을 판단하지만 어른들은 이성으로 사물을 바라봅니다.
그렇기에 어른들은 가끔 아이들과 얘기를 할 때면 이해 못하는 부분이 참 많다고 느낍니다.

그 이유는 아이들이 지닌 순수한 마음에서 사물을 보지 않기 때문입니다.
그동안 학교와 사회에서 배운 경험으로 판단하기에 어른들은
아이들의 순수한 마음을 이해할 수 없는 것입니다.

어린 왕자는 자신이 그린 그림을 어른들에게 보여주면서
자신이 그린 그림이 무섭지 않느냐고 물어보았습니다.

그때 어른들은 "모자가 뭐가 무섭다는 거니?"라고 되물었습니다.

그러나 어린 왕자가 그린 그림은
모자가 아니라 코끼리를 소화시키고 있는 보아 구렁이였습니다.

그래서 어린 왕자는 어른들이 한눈에 알아볼 수 있도록 보아 구렁이의 속을 그렸습니다.
때문에 어린 왕자는 어른들은 언제나 설명을 해주어야만 한다고 말합니다.

우리가 겪는 시련은 소나기처럼 곧 그치게 마련입니다.
잠깐의 소나기 때문에 목적지가 흔들리고 있진 않은가요?

2

사랑

사랑은 나중에 하는 게 아니라
지금 하는 것이다

나의 살 속에 살고 있는 사랑

아, 나는 너무나도 깊이 그를 사랑했으므로
이제 그에 대한 증오를 갖는다는 것은 결코 있을 수 없는 일입니다
- 라신느

오래전 일본 젊은이들 사이에서는 색다른 결혼식이 유행한 적이 있습니다.

결혼식장에서 혼인의 상징인 결혼반지를 교환하는 대신, 시집 한 권을 주고받는 풍습이 유행했던 것입니다. 그 시집 안에는 한 시인의 아내에 대한 애절한 사랑이 담겨 있었습니다.

시인 타카무라 고타로는 프랑스 유학 시절 아름다운 지에코를 만나 결혼까지 하게 되었습니다.

조각가이자 화가였던 고타로와 그녀의 사랑은 이후 17년간이나 계속되었습니다. 서로를 존중하고 배려하는 둘의 부부애는 이웃에 소

문이 날 정도로 애틋했습니다.

그러던 어느 날 몸에서 자꾸 힘이 빠진다고 무심코 말하던 아내 지에코에게 심상치 않은 변화가 왔습니다. 말을 하면 금방 잊어버리는 건망증 증세가 심해지더니 어느새 모든 기억을 잃어버리고 급기야 정신분열증 환자가 된 것이었습니다.

하지만 다카무라는 이미 미치광이가 된 아내의 곁을 한시도 떠나지 않고, 오직 그녀에게 보내는 사랑의 시들을 적어나갔습니다. 그녀가 그의 글을 단 한 자도 읽지 못함에도 그는 연서를 적는 것을 포기하지 않았습니다.

그의 애절하고 극진한 간호에도 지에코는 몇 년 뒤 세상을 떠났습니다. 그는 도무지 헤어날 수 없는 사랑의 슬픔을 담아 시집을 내게 되었습니다.

지에코는 이미 원소로 돌아갔다/ 지에코는 보이지 않는 것을 보고/ 들리지 않는 것을 듣는다/ 지에코는 갈 수 없는 곳을 가고/ 할 수 없는 것을 한다/ 지에코는 이미 인간 세계의 차표를 갖지 못하고 있다/ 원소 지에코는 지금도/ 나의 살 속에 있고/ 나에게 웃는다

부부의 사랑은 일본 전역을 감동시켰습니다. 또,
어떠한 역경에도 변함없는 두 사람의 사랑을 배우자는 의미에서,
결혼하는 젊은이들이 그들의 고귀한 사랑이 담긴 시집을 주고받게 된 것이었습니다.

지하철에서 노부부가 손을 꼭 잡은 채 앉아 있는 모습을 보았습니다.
노부부의 외모는 이미 주름살로 덮여 있었지만 오히려 아름답게 느껴졌습니다.
아마 가슴이 뭉클해지고, 시려오는 순간이 이런 때 일겁니다.

세상에서 많은 세월이 흘러도 변하지 않는 것이 있다면, 그것은 사랑입니다.
다른 모든 것들은 서서히 처음의 형태를 잃어가지만 사랑은 오히려 더욱 성숙해집니다.
사랑은 두 사람의 마음이 하나가 되었을 때 비로소 완성됩니다.

주위에는 사랑을 주기보다 사랑을 받으려는 사람이 더 많은 듯합니다.
사랑은 받을 때보다 줄 때 더욱 행복하다는 것을 알지 못하기 때문입니다.

주면 줄수록 솟아나는 샘처럼 더욱 넉넉해지는 것이 사랑입니다.
우리의 삶은 그 사랑으로 인해 희망차고 행복합니다.

어린 시절 우리는 모든 것이 신기하게만 여겨졌습니다.
하지만 지금은 어떤가요?
보이는 모든 것들이 당연하게 느껴지지 않습니까?

2장_ 사랑은 나중에 하는 게 아니라 지금 하는 것이다

제임스 딘의 사랑

구해서 얻은 사랑은 좋은 것이다.
그러나 구하지 않고 얻은 것은 더욱 좋다.
- 셰익스피어

제임스 딘은 1931년 인디애나 주 메리언에서 치과기공사인 아버지와 시를 쓰는 어머니 사이에서 외아들로 태어났습니다.

그의 풀네임은 '제임스 바이런 딘'으로 가운데 이름은 어머니가 좋아하던 시인 바이런의 이름을 따서 붙였던 것입니다.

학창시절, 어머니가 암으로 세상을 떠나자 그는 고모 집에서 생활해야 했습니다.

제임스 딘은 중·고교 시절 학업 성적은 나빴지만, 운동과 연극에는 뛰어난 소질을 보여 훗날 극장 안내원, 주차장 안내원, 영사기사, 엑스트라 등 잡일을 하면서 배우가 될 꿈을 키웠습니다.

그 뒤 1951년 뉴욕으로 가서 연극 〈재규어를 보라〉에 출연해 재능 있는 신인 탄생이라는 평을 받았습니다. 이어 액터스 스튜디오에서 공부하던 중 엘리아 카잔 감독에게 발탁되어 영화 〈에덴의 동쪽〉의 주연이라는 행운을 잡을 수 있었습니다. 그는 이 영화 한 편으로 인해 당시 청춘스타였던 말런 브랜도의 뒤를 이을 '또 다른 브랜도'라 불리며 명성을 얻기 시작했습니다.

영화 〈에덴의 동쪽〉 촬영 중에 그에게도 사랑이 찾아왔습니다.

사랑의 주인공은 하얀 드레스를 입은 모습이 천사 같았던 이탈리아 여배우 피어 안젤리였습니다. 둘은 서로 사랑했지만, 그녀 어머니의 반대로 헤어질 수밖에 없는 운명에 놓이게 되었습니다.

사랑이 제임스 딘에게 남기고 간 상처는 너무나 컸습니다.

평소 자동차 경주에 출전해 우승할 만큼 스피드광이었던 그는 사랑의 상처로 웃음을 잃고 오로지 스피드에만 몰두했습니다. 그러던 중 영화 〈자이언트〉의 막바지 촬영 때 포르쉐 550 스파이더를 몰고 가다가 포드 픽업트럭과 정면충돌해 그 자리에서 즉사하고 말았습니다. 이날이 1955년 9월 30일 오후였습니다.

그의 사고 소식이 전해지자 한 10대 소녀가 충격을 이기지 못해 투신자살하는 소동이 벌어졌습니다. 또, 이탈리아에서는 여대생들이 집단 가출을 감행했습니다.

사고 당시 핏자국이 묻은 조각난 그의 자동차 잔해는 당시 사상 유례없는 경매에 붙여져 고가에 팔려나갔습니다.

피어 안젤리에게 있어 제임스 딘은 인생의 전부였고, 제임스 딘에게 있어 피어 안젤리는 세상에 단 하나뿐인 사랑이었습니다.

하지만 그들에게 사랑은 눈물이었습니다.

사람들은 흔히 "사랑에 빠지면 눈에 콩깍지가 씐다."라는 말을 자주 합니다.
일단 사랑에 빠지면 사랑하는 사람 외에는 마음이 끌리지 않습니다.
또, 그 사람의 결점도 눈에 들어오지 않습니다.

이처럼 사랑은 신비하게도 거친 사람을 부드럽게 만드는 힘을 지니고 있습니다.
사람은 누군가를 사랑하게 되면 매사에 긍정적이고 여유가 생기기 때문입니다.

셰익스피어는 사랑에 대해 이렇게 말했습니다.

"사랑을 말하려거든 나지막한 음성으로 말하라."

누군가가 미워지거나 싫어질 때, 그를 온전히 사랑해야할 때입니다.

변함없는 사랑의 의미

누군가를 사랑한다는 것은
우리의 인생 과업 중에 가장 어려운 마지막 시험이다.
— 마리아 릴케

에밀 졸라는 아내 알렉산드린 멜레에게 아기 소식이 없자
차츰 갑갑증을 느끼게 되었습니다.

문단에서 《목로주점》, 《나나》, 《제르미날》 등의 소설로 작가로서
의 명성은 확실히 다져졌지만, 결혼한 지 15년이 지나도 아내는 임신
했다는 말을 하지 않는 것이었습니다. 도무지 사는 낙이 없다고 생각
한 그는 30세 연하의 여성을 만났습니다.

결혼 18년째가 되는 해, 졸라는 18세 처녀 잔 로즈를 깊이 사랑
해 딸과 아들을 낳았습니다. 졸라의 불륜은 당연히 프랑스 전역에 소
문이 났고, 그의 명성은 하루아침에 나락으로 굴러떨어졌습니다.

멜레는 한꺼번에 삼중고를 겪게 되었습니다. 자신이 아기를 낳지 못하는 여자라는 것이 세상에 널리 알려지게 되었을 뿐 아니라, 남편이 자기 몰래 바람을 피운 사실을 알게 되었습니다. 그렇게 불륜의 결과 두 아기가 태어난 사실까지 알게 되었던 것이었습니다.

멜레는 먼저 남편에게 자신과 이혼하고 젊은 정부와 새살림을 차릴 마음이 있는지 물었습니다.

"당신에게는 정말 죽을죄를 졌소. 하지만 당신에 대한 내 사랑은 결혼 초나 지금이나 변함이 없소. 몇 번의 실수로 아기까지 낳게 되었으나 당신과 이혼하고 싶은 생각은 추호도 없소."

멜레는 남편의 말을 진심으로 믿었습니다. 졸라가 그 무렵 문단에서 위기에 몰린 것도 이혼을 막는 요소로 작용했습니다.

"여보, 사람들의 눈도 많고 구설수도 많은 파리를 떠나 시골에 들어가 조용하게 삽시다."

로즈와 두 아이를 보고 싶은 마음은 간절했지만 졸라는 아내의 말을 따르지 않을 수 없었습니다. 절필하고 시골에서 그가 할 수 있는 일이란 신문을 보는 일과 아내의 허락 하에 양육비를 로즈에게 보내는 일 정도였습니다.

세월이 흘러 1902년 9월 28일이었습니다.

졸라 부부는 센 강변의 집에서 여름을 보내고 파리로 돌아왔습니다. 그날 밤 부부는 창문을 닫은 채 난로를 피우고 잠이 들었습니다. 일산화탄소는 졸라를 저승으로 데려갔지만 멜레는 며칠 뒤에 깨어났습니다.

멜레는 남편의 두 자식을 자신의 호적에 올렸습니다. 자신에 대한 남편의 한결같은 신뢰와 사랑에 보답하기 위해서였습니다.

2장_ 사랑은 나중에 하는 게 아니라 지금 하는 것이다

이별하는 수많은 이유 가운데, 사랑했던 사람의 배신으로 인한 것도 많습니다.
진정 본인은 헌신적으로 그 사람을 아끼고 배려했지만,
정작 그 사람은 남몰래 또 다른 사람을 만났던 것입니다.
이런 이유로 헤어진다면 상처는 평생 가슴에 남게 됩니다.

이런 사람들은 진실한 사랑이 어떤 것인지 알지 못합니다.
사랑하는 사람을 위한 기다림과 배려,
헌신보다는 자신의 편리 때문에 만나는 사람들입니다.

우리가 살아가는 이 세상의 사랑은 하나이지 둘이 될 수 없습니다.
또, 사랑은 어떠한 목적이나 수단으로 이용될 수 없습니다.

당신이 생각하는 사랑의 색깔은 무엇인가요?

2장_ 사랑은 나중에 하는 게 아니라 지금 하는 것이다

04

비단벌레의 사랑

최고의 행복이란, 나의 행복이란 것만큼 소중히 생각하는 것은 없다.
– 스탕달

 아주 옛날의 비단벌레는 이름만 비단벌레였습니다.

그리고 그 이름에 어울리는 날개를 갖고 있지 않았습니다. 그렇기에 다른 벌레들은 그런 비단벌레를 놀려댔습니다.

"하하, 이름만 비단이면 뭐 해? 그 이름에 걸맞은 날개도 없는걸."

그중에서도 개똥벌레가 비단벌레를 가장 많이 놀렸습니다.

그러나 비단벌레는 밤하늘을 가르며 빛을 뿜고 지나가는 개똥벌레가 부러워 놀림을 당해도 대꾸 한마디 할 수 없었습니다.

그래서 비단벌레는 날마다 '어떻게 하면 이름 그대로 비단처럼 아름다운 벌레가 될 수 있을까?' 고민에 빠졌습니다.

그러던 어느 날, 찬란한 밤하늘을 바라보던 비단벌레의 머릿속에 문득 별빛을 가득 받으면 아름다워질 거라는 생각이 들었습니다.

그 뒤 비단벌레는 날마다 밤하늘을 바라보았습니다. 그러다가 그만 별들을 사랑하게 되었습니다.

별들 또한 비단벌레를 사랑하게 되었고, 그 마음이 빛날 때마다 비단벌레의 날개는 별빛으로 찬란했습니다.

누군가를 사랑한다면, 그 사람을 바라보는 것만으로도 행복합니다.

누군가를 사랑할 때 느꼈던 감정을 떠올려보세요.
마치 하얀 종이처럼 순수하고 깨끗했을 테지요.
자신이 하는 말과 행동이 그 사람에게 상처가 되지 않도록 조심하곤 했습니다.

어떤 사람은 자신이 매력적이지 못하다는 이유로 슬픔에 빠지기도 합니다.

그러나 그 슬픔을 조금만 더 깊이 들여다본다면 그리 슬퍼할 이유가 없음을 알 수 있습니다.
진정한 사랑은 어떤 조건도 필요로 하지 않기 때문입니다.

어느 시인은 "사랑은 세상에서 가장 아름다운 꽃이다."라고 말했습니다.
이 세상에서 사랑보다 더 고귀하고 아름다운 것은 없습니다.

05

이 세상에서 가장 강한 것은

사랑은 모든 것을 극복한다.
— 힐티

다음 이야기는 폴란드에서 에릭이라는 왕이 나라를 다스리던 때의 일화입니다.

바사 공작이라는 사람이 반역죄를 저질러 종신형을 선고받고 감옥에 수감되었습니다.

바사 공작은 감옥에 수감되어 있으면서 늘 부인을 생각하며 우울한 나날을 보냈습니다.

어느 날 바사 공작의 부인 카타리나는 에릭 왕을 찾아가서 자신도 남편의 형기 동안 함께 복역할 수 있도록 배려해달라고 간절히 부탁했습니다.

"부인, 종신형의 뜻을 모르오? 한 번 감옥에 갇히면 다시는 빛나는 햇빛도 아름다운 하늘도 볼 수 없음을 의미하오. 그리고 부인의 남편은 더 이상 공작이 아니오. 그는 반역죄인이며, 평범한 평민일 뿐이오. 그런데도 내게 부탁을 하는 것이오?"

에릭 왕은 깜짝 놀라며 카타리나에게 물었습니다.

"알고 있습니다, 폐하. 하지만 유죄든 무죄든 공작이든 죄수이든 그는 언제까지나 제 남편입니다."

카타리나는 담담한 목소리로 대답했습니다.

"하지만 부인은 더 이상 부부의 인연에 연연할 필요가 없지 않소. 누구도 당신에게 죄를 물을 사람은 없소. 남편은 죄인이지만 당신은 자유요. 그것을 포기하겠단 말이오?"

에릭은 어떻게 해서든 이 아름다운 부인을 설득해 집으로 돌려보내고 싶었습니다.
그러나 그녀는 막무가내였습니다. 마침내 그녀는 손가락에 끼고 있던 반지를 꺼내 왕 앞에 내놓았습니다.
그러고는 다음과 같이 말했습니다.

"이 반지에는 라틴어로 두 마디가 새겨져 있답니다. 'Mors Sola', 이 말이 뜻하는 것처럼 우린 죽을 때까지 한 몸입니다."

왕은 하는 수 없이 그녀의 부탁을 들어줄 수밖에 없었습니다. 한 줄기 빛도 스며들지 않는 지하 감옥으로 그녀를 내려보내며, 왕은 절레절레 고개를 흔들었습니다.

하지만 남편을 향한 그녀의 아름다운 사랑에는 감복하지 않을 수 없었습니다.

남편을 따라 자신의 자유와 영화를 포기할 만큼, 그녀의 사랑은 진실되었던 것입니다. 17년 후 에릭 왕이 죽자, 카타리나는 남편과 함께 석방되어, 마침내 자유의 몸이 될 수 있었습니다.

사랑에 빠진 사람은 아름답습니다.
외모를 떠나 그 사람의 마음에서 매력을 느낄 수 있기 때문입니다.
외모가 아름다운 사람은 자주 보면 싫증이 나지만,
마음이 아름다운 사람은 보면 볼수록 정감이 갑니다.

사랑은 세상에서 가장 소중한 만큼 쉽게 얻을 수 없습니다.
자신이 먼저 상대방에게 진실한 마음으로 다가설 때 비로소 얻을 수 있습니다.

처음 시작할 때의 사랑은 연약한 씨앗에 불과합니다.
그러나 모진 풍파를 견뎌낸 나무가 그렇듯이
사랑도 어려움 속에서 강해지고 더욱 깊어집니다.

사랑에 빠진 사람은 아름답습니다.
당신이 인생에서 가장 아름다웠던 순간은 언제였던가요?

_____

_ _ _ _ _ _ _ _ _ _ _ _ _ _ _

_____

_ _ _ _ _ _ _ _ _ _ _ _ _ _ _

_____

_ _ _ _ _ _ _ _ _ _ _ _ _ _ _

_____

2장_ 사랑은 나중에 하는 게 아니라 지금 하는 것이다

상대방을 생각하는 마음 한 조각

그 어떤 끈이나 밧줄도
사랑으로 꼰 실만큼 억세게 끌어당기거나 붙잡아 매지는 못한다.
– 제임스 호웰

    영국의 시드니 장군은 전쟁에서 심한 부상을 입었습니다.

하지만 그는 그런 부상에도 승리를 위해 고통을 참으며 끝까지
자리를 지켰습니다.

마침내 전쟁이 성공적으로 끝나고, 장군은 후방으로 옮겨졌습니
다. 후방으로 옮겨진 장군은 갈증이 심해 물을 찾았습니다.

그러나 병사들이 갖고 있던 물통에는 겨우 몇 방울의 물만 남아
있었습니다. 병사들은 자신의 물통에 남아 있는 몇 방울의 물을 모아
시드니 장군에게 가져갔습니다.

목이 말랐던 장군이 물컵을 받아 드는 순간이었습니다. 맞은편

에서 심한 부상을 입은 채 물컵을 바라보고 있는 어느 병사의 간절한 눈빛과 마주치게 되었습니다.

장군은 부관을 불러 이렇게 말했습니다.

"이 물을 저 병사에게 주게. 나는 더 참을 수 있으니 괜찮네."

부관은 장군에게 사양하지 말고 드시라고 거듭 말했습니다.

"아닙니다. 이 물은 장군님을 위해 모은 것입니다. 어서 드시지 요."

그러나 끝까지 장군은 물컵을 부관에게 건넬 뿐이었습니다.

"어서 주게. 저 병사가 마시는 것을 보고 싶네."

장군은 갈증에 시달리는 병사에게 물을 마시도록 권했습니다. 병 사는 눈물을 흘리며 물을 마셨습니다.

장군은 그 모습을 보며 흐뭇한 미소를 띠었습니다. 그 순간, 옆에 서 지켜보던 많은 부상병들은 눈시울을 붉혔습니다.

2장_ 사랑은 나중에 하는 게 아니라 지금 하는 것이다

꽃밭이 아름다운 것은 한 가지 꽃만이 가득해서가 아닙니다.
제각기 향기와 모양새가 다른 꽃들이 한데 어우러져 피어 있기 때문입니다.
그리고 그 수많은 꽃들이 만들어내는 향기는 꽃밭을 더욱 아름답게 합니다.

자신이 아름다워지기를 바란다면 누군가에게 먼저 사랑을 전해보십시오.
굳이 사랑이 화려하거나 거창하지 않아도 됩니다.
진정 '나'부터가 아닌 '남'을 먼저 생각하는 마음 한 조각이면 충분합니다.

07

결코 정복당하지 않는 사랑의 힘

사람들은 사랑에 의해 살고 있다.
그러나 자신에 대한 사랑은 죽음의 시초이며, 신과 만인에 대한 사랑은 삶의 시초다.
— 톨스토이

1941년 7월, 폴란드의 아우슈비츠 수용소에서 포로 한 명이 탈출했습니다.

나치 수색대가 출동해서 탈출자가 스물네 시간 내에 잡히지 않을 경우에는, 그 사람이 소속된 수용소의 수용자 중 10명을 골라 죽이겠다고 했습니다.

탈출자와 같은 방에 있던 사람들은 밤이 깊어갈수록 죽음의 공포에 떨었습니다.

하지만 탈출한 사람은 끝내 돌아오지 않았습니다.

다음 날 수용소 소장이 나와 처형시킬 사람을 한 줄에서 한 명씩 골라냈습니다.

그중의 한 명이었던 가조우니첵크가 소리쳤습니다.

"내겐 아내가 있어요. 불쌍한 자식들도 있고요!"

그의 울부짖는 소리에 콜베 신부님이 한 걸음 앞으로 나왔습니다.

"저 녀석은 도대체 어쩌자는 거야?"

앞에 있던 대령이 소리쳤습니다.

그러자 신부는 비틀거리는 걸음으로 대령에게 다가서더니 이렇게 말했습니다.

"저는 이 세상에 핏줄이라곤 아무도 없는 사람입니다. 하지만 저 사람은 가족을 위해서 살아야만 합니다. 저 사람 대신 나를 처형해주세요. 부탁합니다."

"좋소!"

대령은 포로 대신 신부를 처형시켰습니다. 지옥처럼 길고 고된 4년이 지나고, 공포의 수용소에서 해방된 가조우니첵크는 바르샤바의

자기 집으로 달려갔습니다.

그는 아내와 함께 새로운 생활을 하며 지내다 놀라운 뉴스를 들었습니다. 교황청에서 콜베 신부를 성인품으로 올린다는 것이었습니다.

시성식이 결정된 날, 그는 교황에게 이렇게 말했습니다.

"저는 콜베 신부님에게 감사하다는 말 한마디 못했습니다. 그저 서로 바라보았을 뿐입니다."

콜베 신부는 자신의 목숨을 한 사람에게 선물했습니다. 그는 많은 사람들에게 결코 정복당하지 않는 사랑의 힘을 유산으로 남겼습니다.

오늘 뉴스에서 물에 빠진 친구를 구하려다 함께 익사했다는 안타까운 소식을 들었습니다.

뉴스를 듣고 난 뒤 나는 많은 시간 동안 생각에 잠겼습니다.
그 두 친구의 우정이 얼마나 깊었으면 죽음 앞에서 두려워하지 않았을까?
만일 그들에게 닥친 상황이 나의 상황이었더라면 나는 과연 어떠했을까?

하지만 나는 선뜻 결론을 내릴 수 없었습니다.

하루하루 힘들게 살다 보면, 오랫동안 보지 못했던 고향 친구들이 그립기도 합니다.
그런 생각이 들 때는 길을 가다 멈추어 서서 멍하니 하늘을 바라보곤 합니다.

나는 그동안 세상을 살아오면서 사람이 그리울 때가 참 많았습니다.
다른 사람들은 이성이 그립다는 말을 하지만 정작 나는 사람이 그리웠습니다.

나는 자주 사람이 그립습니다.
특히 바람 불고, 비가 내리는 날은 더욱 심합니다.
당신은 그렇지 않은가요?

2장_ 사랑은 나중에 하는 게 아니라 지금 하는 것이다

08

잔잔한 사랑

무지개를 보려면 비를 참고 견뎌야 한다.
– 돌리 파튼

마르크 베르나르의 단편소설 〈연인의 죽음〉은 잔잔한 사랑을 그리고 있습니다. 독자들로 하여금 진실한 사랑이 무엇인지 생각해보게끔 합니다.

다음 이야기는 〈연인의 죽음〉에 그려지는 아름다운 사랑입니다.

"첫눈에 반하지 않고서 도대체 누가 사랑했다고 할 수 있을까?"

내가 엘스를 만난 건 1938년 가을, 루브르 박물관에서였다.

엘스가 비너스를 감상하고 있을 때 나는 엘스를 감상하고 있었다. 왠지 모를 이국적인 향취에 젖어 엘스에게서 눈을 뗄 수 없었던 것이다. 그리고 그녀의 눈과 마주친 순간, 나는 "안녕!"이라는 말 대신 앞으로의 만남을 기대했다.

어느 날 엘스가 불법 체류자임을 알게 된 나는 그녀의 체류 문제를 해결해주었다.

시간이 흐르면서 우리는 서로의 감정을 확인하게 되었고, 일상의 평범함을 애틋한 사랑으로 채워나갔다. 그 사랑은 삶을 행복하게 했다.

그런데 엘스가 심각한 병에 걸리면서부터 나는 더 이상 그녀의 세심한 보살핌을 받을 수 없게 되었다.

하지만 그녀에 대한 나의 사랑은 더욱 절실해졌다. 악성 종양을 앓고 난 엘스는 후유증으로 왼쪽 눈을 실명한 상태인 데다, 다시 간이 좋지 않아 치료받기 시작했다.

엘스가 질병으로 고통을 겪는 와중에도 우리는 생이 우리에게 베푼 마지막 최고의 선물을 기쁘게 받아들일 수 있었다.

아침에 함께 잠자리에서 깨어나고 해 질 녘 해변을 거닐면서도 슬퍼하지 않았다. 나는 병든 연인의 곁을 지킬 수 있다는 것이 더없이 고마웠다.

엘스의 병이 점점 깊어지고 이제는 아무런 희망도 보이지 않을 무렵, 친구들이 집으로 찾아왔다. 그때 나는 새삼 느꼈다. 더 이상 엘스는 지난날의 그 명랑하고 생기 넘치는 여인이 아니라는 것을.

엘스와 함께 죽을 방법도 생각해보았지만, 서서히 내 곁을 떠나려는 연인을 홀로 온전히 지켜보는 것 또한 신의 은총이라 여기며 그녀의 죽음을 감당하기로 했다.

그녀가 세상을 떠나기 전날 밤, 고통으로 소리치며 괴로움을 호소하던 세 시간 반이 내가 엘스와 함께했던 마지막 순간이었다.

나는 호흡이 멈춘 엘스에게서 평온함과 잔잔함을 느끼며 나와 함께 서른한 해를 보낸, 예순이 넘은 아내를 떠나보냈다.

사람은 누군가를 사랑하게 되면 마음이 넉넉해집니다.
누군가를 사랑하고 있는데 욕심과 집착에 빠져 있다면, 진정한 사랑이 아닐 겁니다.

진실로 한 사람을 사랑한다면, 마음이 맑게 정화될 뿐 아니라 여유를 지니게 됩니다.
만약, 수단과 방법을 가리지 않고,
그 사람을 취해야겠다고 생각한다면 진실로 그 사람을 사랑하고 있는 것이 아닙니다.

사랑은 퍼내어도 마르지 않는 샘물과 같습니다.
병든 연인을 돌보는 것, 이 세상을 떠나려는 연인을 지켜보는 것까지 신의 은총이며,
생이 우리에게 베푼 마지막 선물이라고 할 수 있습니다.

사랑이란 꼭 설렘이 있어야만 하는 것은 아닙니다.
평온함과 잔잔함이 있는, 줄수록 넉넉해지는 사랑.
이러한 사랑 앞에서 우리는 숙연해집니다.

소중한 사람에 대한 관심과 애정을 책으로 펴내 보세요.
말로 하는 것보다 글로 써서 책에 담을 때 그 마음이 더 잘 전달됩니다.
책을 혼자 쓰기 힘들다면 23년간 200권을 쓰고
8년간 900명의 작가들을 양성한 내가 도와드리겠습니다.
네이버 카페 한책협에는 다양한 사람들이
자신의 이야기를 책으로 쓰고 있습니다.
초대하고 싶습니다.

우리가 지구별로 오기 전 신으로부터 받은 선물 가운데
가장 소중한 것은 무엇일까요?

09

영원한 이름 '엄마'

불행에 빠져야 비로소 사람은 자신이 누구인가를 깨닫게 된다.
– S. 츠바이크

 어느 병원에서 있었던 일입니다.

소아 병동에서 무서운 암과 싸우는 환자 중에 유난히 피부가 창백한 일곱 살 된 꼬마 아이가 있었습니다.

"미진아, 언니가 동화책 읽어줄까?"

"……."

"그럼 미진이가 언니한테 노래 한 곡 불러줄래?"

"……."

간호사가 무슨 이야기를 해도 별 반응이 없는 아이였습니다. 주사를 놓을 때도 아픔을 애써 참고 있는 듯했습니다. 그 모습이 보는 사람의 가슴을 참으로 아프게 하는 아이였습니다.

부모가 이혼을 해서 외할머니만 가끔 그 아이에게 병문안을 와 줄 뿐이었습니다. 엄마는 집을 나갔고, 아빠는 외국으로 돈 벌러 가는 바람에 꼬마의 병실에 찾아오는 사람들은 오직 나이 드신 외할머니 한 분뿐이었습니다.

더욱 가슴이 아픈 것은, 할머니가 시장에서 장사를 하면서 대주 던 병원비가 할머니가 쓰러지는 바람에 끊기게 되었다는 것입니다. 설 상가상으로 병원장이 지원하던 보조금조차 원장이 바뀌는 바람에 더 이상 지급이 안 되어 어쩔 수 없이 퇴원하지 않으면 안 되는 상황이 되어버렸습니다.

그래서 몇몇 간호사들과 의사들은 퇴원을 앞둔 미진이를 위해 병 실에서 조그만 송별파티를 하기로 했습니다. 미진이가 너무 안쓰러웠 지만, 바쁘다는 핑계로 선물다운 선물도 준비하지 못하고 있다가 한 가지 꾀를 내었습니다.

"미진아, 여기 100원짜리, 천 원짜리, 만 원짜리 중에 네가 가장 가지고 싶은 걸 하나 줄 테니 뽑아봐……."

그 방에 있던 사람들은 미진이가 만 원짜리 지폐를 집을 줄 알았 는데, 미진이는 주저하지 않고 100원짜리 동전을 집는 것이었습니다.

"미진아, 아직 어떤 게 큰돈인지 모르는가 보구나. 이중에서는 만 원짜리가 제일 좋은 거야. 동전 대신에 이걸로 가지려무나."

그때 미진이는 이렇게 말했습니다.

"저는 이 동그란 100원짜리가 제일 좋아요. 100원짜리는 멀리 있는 우리 엄마와 얘기를 할 수 있게 해주거든요……."

그 이야기를 듣자 병실 안에 있던 모든 사람들이 자기 호주머니에 있던 100원짜리 동전을 있는 대로 털어서 아이에게 주었습니다.

사람들은 돈만 많이 있으면 즐겁고 행복하게 살 수 있다고 말합니다.
가진 것이 넉넉하면 남보다 덜 고생하는 것은 사실입니다.

그러나 가진 것이 많다고 해서 꼭 행복하다고 장담할 수는 없습니다.

주위에는 가난하지만 항상 밝은 미소를 잃지 않는 사람도 많습니다.
비록 현실은 힘들고 고달프지만 이루고자 하는 꿈이 희망을 가져다주기 때문입니다.
궂은일을 겪어본 사람만이 진정한 행복을 알 수 있습니다.

10

사랑하는 사람에게

눈앞의 실패에 좌절하지 않을 수 있는 장기 목표를 반드시 가지고 있어야 한다.
– 챨스 C.노블

프로 골퍼 최경주의 아내는, 대학에서 법학을 전공한 독실한 기독교 신자였습니다.

최경주는 신혼 초 "기도할 때만이라도 앉아 있어달라."는 아내의 말을 무시하고, 소파에 그대로 누워 있을 정도로 종교에는 관심이 없었습니다. 힘들고 거칠게 살아왔던 그에게 당시 종교는 별 의미가 없었기 때문이었습니다. 그러던 그가 종교에 관심을 보인 것은, 헌신적으로 내조한 아내 덕이었습니다.

목사님의 소개로 지금의 아내를 만났으나 교제를 시작한 뒤, 처가의 반대에 부닥쳐야 했습니다. 골프가 잘 알려지지 않았던 당시 골프선수는 그리 환영받는 사윗감이 아니었기 때문입니다.

결혼을 반대하던 처가에서는 프로 테스트를 통과하면 결혼을 승낙한다는 조건을 내걸 정도였습니다. 그런 어려움 속에서도 아내는 그의 곁을 떠나지 않았고, 그를 위해 언제나 기도했습니다.

두 사람은 결국 1995년 12월 결혼했습니다.

그는 그때의 느낌을 이렇게 말했습니다.

"가만히 생각해보면 하나님께서 아내를 통해 내게 가정과 종교라는 귀중한 선물을 주셨다는 생각이 듭니다. 프로 골퍼는 정신적인 스트레스가 대단한 직업입니다. 골프 자체가 멘탈 게임이기에 정신적인 안정은 필수이지요. 특히 모든 것이 생소한 미국 PGA 투어에 적응해야 했던 미국 진출 초기에 나를 붙잡아주는 힘은 가족과 종교밖에 없었습니다."

루키 시절 때, 투어를 뛰느라 주일 예배에 참석하지 못할 때면 그는 토요일 저녁에 교회를 찾아가 기도했습니다. 불확실한 미래에 대한 불안감을 떨쳐줄 수 있는 분은 하나님밖에 없었기 때문입니다.

미국 전역에 있는 한인 교회의 목사님들이 그를 위해 기도한다는 생각으로 위안을 삼았습니다.

경기 중에도 그의 기도는 계속되었습니다.

많은 것을 바라는 것이 아니라, 내게 있는 능력만이라도 제대로 발휘하게 해달라는 기도였습니다.

계획했던 일이 잘 풀리지 않거나 현실이 힘들 때, 기도를 해보십시오.
기도는 굳이 종교를 가진 사람만이 할 수 있는 것이 아닙니다.
기도는 누구나 할 수 있습니다.

현실이 밤처럼 어두울 때 많은 사람들은 절망하다 쓰러지곤 합니다.

그러나 꿈이 있는 사람은 이런 때일수록 용기를 잃지 않습니다.
기회는 아주 극한 상황에서 모습을 드러내기 때문입니다.

곁에 사랑하는 가족이나 연인이 있다면, 함께 생각의 힘을 모아야 합니다.
혼자서 고민하기보다는 자신을 진정으로 아껴주는 여러 사람이 생각의 힘을 모을 때
어려움을 극복할 수 있습니다.

2장_ 사랑은 나중에 하는 게 아니라 지금 하는 것이다

지금 처한 현실이
밤처럼 깜깜하다고 해서 좌절하거나 절망하지 마세요.
곧 어둠이 사라지고 태양이 떠오를 테니까요.

11

아름다운 사랑은 이별도 아름답다

경험은 사람에게 아무것도 가르쳐주지 않는다.
그 증거로 하나의 연애가 끝나도 다른 연애를 시작하는 것이 인간이다.
— 부르제

20세기 전반기 소련의 가장 유명한 시인을 꼽으라면 당연히 마야콥스키입니다.

마야코프스키가 서른일곱 젊은 나이에 권총자살로 생을 마칠 때까지 가장 사랑했던 연인은 유부녀 릴리 브릭이었습니다.

또, 가장 신뢰했던 친구는 그녀의 남편인 문학평론가 오십 브릭이었습니다. 자살의 이유는 삼각관계가 깨졌기 때문이 아니었습니다.

그가 남긴 유서에는 이렇게 적혀 있었습니다.

"릴리, 나를 사랑해주오."

그는 죽는 순간까지 릴리의 사랑을 갈망했습니다.

모스크바 미술학교를 다닌 마야콥스키는 같은 학교 후배인 열여섯 살의 귀여운 엘자에게 관심을 갖고 졸졸 따라다녔습니다.

그는 여러 번 다짜고짜 쳐들어간 엘자의 집에서 만난 그녀의 언니 릴리를 열렬히 사랑하게 되었습니다. 릴리는 이미 기혼녀였습니다. 그 집에는 종종 릴리의 남편이 와 있기도 했지만, 사랑에 눈먼 마야콥스키에게 그것이 문제가 되지는 않았습니다.

부부가 마야콥스키에게 매료된 것은 시 한 편 때문이었습니다. 미술학교 선배의 칭찬에 고무되어 열심히 시를 습작하게 된 마야콥스키는 1915년에 장시 〈바지를 입은 구름〉을 썼습니다.

어느 날 엘자는 마야콥스키를 데리고 언니 부부가 사는 아파트에 놀러 갔는데, 거기서 그는 자신의 시를 낭송했습니다. 그날로 부부는 마야콥스키에게 완전히 매료되어 아내는 평생의 애인이, 남편은 평생의 후견인이 되었습니다.

엘자는 1915년 7월 15일, 그날을 이렇게 회고했습니다.

"언니와 형부가 그의 시에 보여준 반응은 열광적인 것이었습니다. 그들은 그의 시를 맹목적으로 사랑하게 되었습니다. 그는 첫눈에 그녀를 사랑했습니다. 그러고는 영원토록. 사실 죽는 순간까지도 그랬으니까……. 이렇게 해서 그녀에 대한 사랑의 시가 시작되었습니다."

때론 보내줄 때 비로소 완성되는 사랑이 있습니다.

하지만 주위에는 사랑하는 사람의 마음이 자신에게서 떠났음을 알고도
억지로 붙잡아두려는 사람이 있습니다.
사랑은 강제로 얻을 수 있는 값싼 감정이 아님을 잊지 말아야 합니다.

두 사람의 마음이 하나가 되고 자신보다 상대방을 아끼고 배려해주어야 비로소 사랑입니다.

사랑하는 사람이 진정 행복할 수 있다면 기꺼이 이별을 감당할 수 있어야 합니다.
만약 자신의 소유욕으로 인해 상대를 붙잡고 있다면
마음의 무게는 이별했을 때보다 더 무거울 겁니다.
만남이 아름다운 사랑은 이별도 아름답게 마련입니다.

사랑은 소유가 아닌, 사랑하는 사람이 행복할 수 있도록 휴식과 자유를 주는 것입니다.

진정한 사랑은 만남과 이별 모두 아름답습니다.

12

나는 그대가 되고 싶다

누군가를 사랑한다는 것은 자신을 그와 동일시 하는 것이다.
– 아리스토텔레스

러시아 장군의 딸로 태어난 살로메가 처음 청혼을 받은 것은 18세 때였습니다.

대학에서 신학, 철학과 예술사 공부에 몰두한 탓에 각혈까지 하게 된 살로메. 휴양차 간 곳에서 그녀를 처음 본 니체가 "우리가 어느 별에서 내려와 여기서 비로소 만났지요?"라고 한 말은 너무나 유명합니다.

살로메는 존경은 하지만 사랑하지 않는 니체의 청혼을 거절했습니다. 공교롭게도 그 얼마 뒤부터 니체는 정신착란에 빠졌습니다.

뮌헨 대학에 다니며 시를 발표하고 있던 릴케가 그녀를 만난 것은 불과 22세 때, 어느 문인의 집에 초대를 받아 갔을 때였습니다.

그녀에게 첫눈에 반한 릴케는 계속해서 그녀에게 편지를 보냈습니다.

"저는 기도하고 싶은 심정으로 당신을 보았습니다. 저는 당신 앞에 무릎을 꿇을 수 있으면 좋겠다는 심정으로만 당신을 열망했습니다."

그녀는 니체의 제자인 릴케와 같이 살았지만, 니체의 청혼을 거절한 지 2년 뒤에 그와 헤어졌습니다.

릴케와 헤어져 베를린에서 하숙 생활을 하던 그녀에게 새로운 남자가 다가왔습니다. 외국어 강사로 근근이 살아가던 41세의 안드레아스는 자신과 결혼해주지 않으면 자살하겠다며, 가슴에 칼을 꽂고 쓰러지는 소동을 벌인 끝에 살로메와의 결혼에 성공했습니다.

결혼을 했지만, 그녀의 남성 편력은 그때부터 본격적으로 나타났습니다. 바람기 때문만은 아니었습니다.

그것과는 반대로 남자의 마음을 잘 이해해주고 편안하게 해주는 살로메의 대범함에 매료된 남자들이 그녀에게 사랑을 고백해왔기 때문이었습니다.

세계 문학사상 가장 고매한 정신의 소유자로 일컬어지는 릴케는 그녀를 평생토록 존경하고 흠모했습니다.

살로메와 릴케는 수시로 만났으며, 두 사람 사이에 오간 편지는 릴케 사후 400쪽이 넘는 책으로 출간되었습니다. 릴케의 문학적 성숙을 위해 살로메가 떠난 일은 아름다운 결별이었습니다. 릴케는 끝내 클라라라는 여인과도 결혼하지 않았고, 임종의 자리에서도 살로메를 보고 싶어 했습니다.

그녀는 또다시 사랑에 빠졌습니다. 대상은 정신과 의사 비에레였습니다.

하지만 그는 살로메와 프로이트 사이를 잇는 징검다리 역할을 했을 뿐이었습니다. 프로이트는 살로메의 연인이자 후원자로서의 역할을 평생토록 지속했습니다. 그녀의 궁핍을 걱정해 돈을 지속적으로 부쳐주기까지 했습니다. 프로이트의 서재에는 살로메의 사진이 늘 걸려 있었습니다.

"나는 그대가 되고 싶습니다.
나는 그대가 알지 못하는 어떤 꿈도 가지고 싶지 않고,
그대가 이루어주지 못하거나 또는 알지 못한다면 그 어떤 소망도 원하지 않습니다.
나는 그대를 영광스럽게 하지 않는 행위는 어떤 것이든 하고 싶지 않습니다.
나는 그대가 되고자 합니다."

라이너 마리아 릴케가 루 살로메에게 보냈던 편지의 한 구절입니다.
모든 사랑하는 사람의 마음을 대변해주는 듯합니다.

사랑이 시작되면, 사랑하는 사람의 작은 행동, 습관, 말투에 예민해지고
그의 행동을 똑같이 따라 하게 됩니다.
그대가 되고 싶은 것이지요.

13

인생에서 가장 떨리는 순간

사랑하는 사람과 사는 데는 하나의 비결이 있다.
상대를 달라지게 하려고 해서는 안 된다는 것이다.
- 샬돈느

스승과 제자였던 작곡가 구스타프 말러와 알마는 만난 지 4개월 만에 결혼했습니다.

결혼식이 있던 며칠 전 말러는 이런 결혼 조건을 명시하는 편지를 알마에게 보냈습니다.

"당신은 이제 모든 관습, 허영, 자만심을 버려야 하오. 또, 당신은 나에게 무조건 복종해야 하며 당신의 하루하루의 모든 일과는 내 욕망과 필요에 따라 결정되어야 하오."

이렇듯 말러는 젊은 아내에게 작곡 공부는 물론 혼자 외출하는 것도 허용하지 않았으며, 자신이 없는 동안에는 자신의 집에 아무도 발을 들여놓지 못하게 할 정도로 알마에게 집착했습니다.

말러는 극심한 의처증 때문에 한때 성불능까지 겪어야 했고, 그 당시 정신분석학자로 명성을 떨치고 있던 친구 프로이트에게 장기 치료를 받을 정도였습니다.

구스타프 말러가 죽자, 서른두 살의 아내 알마 말러는 유럽에서 가장 유명한, 가장 구애를 많이 받는 미망인이 되었습니다. 독자적인 표현주의 화가이며 극작가이기도 한 오스카 코코슈카도 그 가운데 한 사람이었습니다.

1912년 4월의 어느 날, 처음 알마를 만난 코코슈카는 친구에게 이런 말을 했습니다.

"나는 첫눈에 그녀에게 완전히 매혹당했다. 그날 저녁 이후 우리는 떨어질 수 없는 사이가 되었다."

그날의 만남에 대해 알마는 자서전에 이렇게 썼습니다.

"우리는 거의 서로 침묵했고 그는 계속 그림을 그리지 못하고 있었다. 우리가 일어서는 순간 그는 미친 사람처럼 나를 와락 끌어안았다. 그런 식의 포옹은 너무나 생소했기에 나는 어떤 반응도 나타낼 수 없었는데, 바로 그 점이 그를 더욱 미치게 한 것 같았다."

알마와의 첫 만남 이후 그는 2년 6개월에 걸쳐 400통이 넘는 사랑의 편지를 보냈습니다.

하지만 알마는 끝내 코코슈카의 구애를 거절하고는 건축가 빌터 그로피우스와 결혼해버렸습니다. 실연의 충격과 질투를 견디지 못한 코코슈카는 1914년 제1차 세계대전이 일어나자, 자원입대해버렸습니다. 이미 가슴에 치유할 수 없는 커다란 상처를 입은 그는 전쟁에서 뇌를 다치는 사고까지 당했습니다.

20년이 지난 뒤 알마는 그때의 자신의 행동을 용서해주기 바란다는 간곡한 편지를 코코슈카에게 띄웠습니다. 당대 최고의 지식인들과 예술가들의 마음을 빼앗았던 알마의 미모도 그때는 스러지고 없는 나이였습니다.

그녀의 70회 생일 때 코코슈카는 '사랑하는 알마'로 시작되는, 이미 당신을 용서했다는 길고도 긴 편지를 보냈습니다.

2장_ 사랑은 나중에 하는 게 아니라 지금 하는 것이다

세상에서 가장 떨리는 순간은 프러포즈를 받는 순간이 아닐까 합니다.
많은 사람들은 프러포즈를 받은 순간을 영원히 기억하며 살아갑니다.

러시아의 대문호 톨스토이는 서른네 살 때 열일곱 연하의 소피아에게 한눈에 반한 뒤
3년 동안 속으로만 끙끙 앓았습니다.

어느 날 소피아와 마주 앉은 그는 분필로 테이블 위에 '나는 너를 사랑한다'라고 썼습니다.
떨리는 톨스토이의 손길이 진실임을 느낀 소피아는 톨스토이의 프러포즈를 받아들였습니다.
영국의 수상 윈스턴 처칠은, 호숫가를 산책하며 클레망스에게 이렇게 고백했습니다.

"그대 아름다운 여신이여, 나의 꽃다발을 받으소서."

클레망스는 그의 고백에 감동해 청혼을 받아들였습니다.

지금 여러분들은 어떤 감동적인 프러포즈를 생각하고 있습니까?

하지만 무엇보다 중요한 것은,
프러포즈가 진실한 마음이 가득 담겨 있는 프러포즈여야 한다는 것입니다.

나는 소중한 사람들에게
"사랑한다!"라는 말을 자주 합니다.
당신은 사랑한다는 말을 얼마나 자주 합니까?

2장_ 사랑은 나중에 하는 게 아니라 지금 하는 것이다

14

한 사람을 향한 기다림

남을 사랑하지 못하는 사람에게는 어떤 일도 중대한 일일 수 없다.
- F. 모리아크

장 자크 아노 감독이 만든 〈연인〉이라는 영화의 원작자인 마르그리트 뒤라스는 베트남에서 태어나고 자란 프랑스 작가였습니다.

《연인》은 1984년에 프랑스에서 가장 권위 있는 상인 콩쿠르상을, 다음 해인 1985년에는 헤밍웨이상을 수상한 소설입니다. 뒤라스는 다작(多作)을 한 작가로도 이름이 높습니다.

그녀는 "글을 쓰는 것과 사랑하는 것, 그 일은 미지의 상태에서 절망에 빠진 의식의 도전을 통해 동시에 벌어진다."라고 말한 적이 있습니다. 평생 그녀는 일벌레처럼 글쓰기에 전념했으며 그리고 사랑했습니다. 작가 외에는 다른 것이 될 수 있다고 한 번도 생각해본 적이 없는 사람이었습니다.

1980년, 뒤라스는 자신의 소설 《인디아의 노래》를 영화로 상영하는 시골 극장에서 독자라고 밝히며 다가온 한 청년을 만났습니다.

그때 뒤라스의 나이는 66세였습니다. 얀 앙드레아라는 청년은 뒤라스에게 열정적인 편지를 보내기 시작했고, 뒤라스는 그 시절을 "많은 편지들, 때로는 매일 한 통의 편지. 매우 짧은 편지, 일종의 티켓 같은 편지였다. 분명히 미(美)의 부름. 당신의 편지들은 내 일생에 받은 편지들 가운데 가장 아름다운 것들이다."라고 회상했습니다.

어느 날 얀 앙드레아는 별장에 있는 뒤라스를 찾아왔습니다.

그때 뒤라스는 발코니에 앉아 그가 자신을 향해 뚜벅뚜벅 다가오는 걸 물끄러미 바라보고 있었습니다. 얀 앙드레아와 함께 살기 시작한 지 12년이 지난 뒤에 쓴 그에 관한 소설 《얀 앙드레아 스테네르》에서 뒤라스는 그때 일을 이렇게 썼습니다.

"그는 놀랄 만큼 부드러운 목소리를 가졌다. 12년이 지난 지금까지도 그때 당신의 목소리를 나는 듣고 있다. 당신의 목소리는 내 몸 안에 흘렀다."

얀이 뒤라스의 별장에 온 날, 그들은 사랑을 확인했습니다. 그리고 뒤라스는 이렇게 썼습니다.

"검고 푸르른 밤하늘에 떠 있는 달과 함께 우리는 잠을 잤다. 그 다음 날 우리는 사랑을 했다. 당신은 나와 함께 있기 위해 내 방으로 왔다. 우리는 아무 말도 하지 않았다. 끝난 뒤 당신은 내가 놀랄 만큼 젊은 몸을 가지고 있다고 말했다."

그날 이후 얀은 항상 뒤라스 곁에 있었습니다.

그리고 35년의 나이 차이를 극복한 그들의 사랑은 장안의 화제가 되기 시작했습니다. 뒤라스가 알코올중독으로 병원 신세를 지거나 자살을 기도했을 때도, 그녀를 지켜주고 친구가 되었던 사람은 바로 얀 앙드레아였습니다.

그 모든 고통의 시간이 흐른 뒤 뒤라스는 자신의 연인에 관해 쓰기 시작했습니다. 그리고 뒤라스는 자신의 죽음을 예감이라도 한 듯 죽기 1년 전에 얀 앙드레아에 관한 두 번째 책을 완성했습니다. 마치 '나의 사랑은 이것이 전부입니다'라고 말하는 듯……

사랑하는 사람을 향한 마음은 멈출 수가 없습니다.
누군가를 깊이 사랑해본 경험이 있는 사람은 알 수 있을 테지요.
어디에 있건, 무슨 일을 하건, 낮이나 밤이나 사랑하는 사람 생각에
푹 빠져 헤어 나올 수 없는 행복한 고통임을 압니다.

가장 견디기 힘들면서 달콤한 것이 사랑이 가져다주는 기다림입니다.
그러나 사랑하는 사람들에게 있어
기다림은 사랑을 더욱더 굳건하게 해주는 시간이기도 합니다.

아름다운 사랑은 묵묵히 기다릴 줄 아는 사랑입니다.
시냇물이 조용하게 흘러 강물이 되어
더 넓고 깊은 바다로 흘러가듯이 사랑도 마찬가지입니다.
곁에서 한 사람만을 믿고 바라보며 기다릴 줄 아는 사람.
그런 사람은 진정 사랑할 줄, 사랑을 받을 줄 아는 사람입니다.

한 사람만을 믿고 바라보며 기다릴 줄 아는 사람.
이런 사람이 당신 곁에 있습니까?

15

가장 경이로운 경험, 사랑

사랑을 하되 그가 나를 사랑하지 않거든
나의 사랑에 부족함이 없는가를 살펴보라.
— 맹자

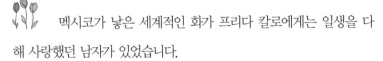 멕시코가 낳은 세계적인 화가 프리다 칼로에게는 일생을 다해 사랑했던 남자가 있었습니다.

그는 멕시코 출신으로 세계적인 벽화 작가이며 여성 편력이 심하기로 유명했던 디에고 리베라였습니다. 프리다 칼로는 남편이 된 디에고가 자신의 여동생과 바람을 피웠을 때도 그와 헤어질 수 없었습니다. 그 고통 때문에 그녀는 〈몇 군데 작은 칼집〉이라는, 한 여인이 남자로부터 칼로 온몸을 난자당해 흰 침대 위에서 피를 흘리고 있는 그림을 그렸습니다.

당대 최고의 화가였던 피카소는 프리다에게 "나는 당신만큼 그림을 잘 그릴 수 없을 것이오."라고 엽서를 보내기도 했습니다.

프리다 칼로는 디에고를 말할 때 언제나 '나의 디에고'라고 말했습니다.

그녀는 일기에서 다음과 같이 절규했습니다.

"왜 나는 그를 '나의 디에고'라고 부를까? 그는 이전에도 이후에도 내 소유가 아니며, 다만 그 자신에게 속할 뿐인데……. 디에고 시작, 디에고 창조자, 디에고 내 아기, 디에고 화가, 디에고 내 남편, 디에고 내 친구, 디에고 내 어머니, 디에고 내 아들, 디에고 나, 우주, 하나 안에서 변화무쌍함."

프리다 칼로는 정말 디에고를 불꽃처럼 사랑했습니다. 성공한 화가, 아름다운 얼굴, 세련된 옷차림, 뛰어난 화술, 자신보다 유명한 남편. 이 모든 것을 다 가지고 있는 듯 보였지만, 프리다 칼로는 열여덟 살 때 당한 교통사고 때문에 30년에 걸쳐 척추와 오른발을 세 차례나 수술받아야 했으며, 그토록 원했던 아이마저 가질 수 없는 고통을 안고 있었습니다. 그녀는 미친 듯이 그림에 몰두했습니다. 그림 그리기는 그녀의 모든 고통과 상실을 보상해주는 유일한 행위였습니다.

프리다 칼로는 종종 이런 말을 했습니다.

"나는 내 생에서 두 번의 큰 사고를 당했습니다. 하나는 열여덟 살 때의 교통사고였고, 다른 하나는 디에고 리베라를 만난 것입니다.”

결국 그녀는 세 번째 수술 후, 47세의 나이로 숨을 거두었습니다. 세상을 떠나기 전에 그녀는 쓸쓸히 고백했습니다.

“디에고의 아내로서 사는 일은 이 세상에서 가장 경이로운 경험이었다. 디에고는 어느 누구의 남편도 아니며 또 남편 역할을 할 수 없는 사람이다. 그러나 디에고는 정치, 예술, 정신 면에서 나의 가장 위대한 동지다.”

2장_ 사랑은 나중에 하는 게 아니라 지금 하는 것이다

대부분의 사람들은 사랑을 하게 되면
사랑하는 사람을 자신에게 얽매려고 합니다.

하지만 소유한다는 것은 언젠가 잃을 수 있다는 뜻임을 알지 못합니다.
진정 그 사람을 사랑한다면 그 사람과 자신의 간격을 인정해야 합니다.
이 간격을 인정하고 받아들이려 하지 않기에
서로에게 상처를 주고 급기야 헤어지기까지 합니다.

사랑한다는 것은, 그 사람을 구속하는 것이 아닌,
그 사람과 나의 간격을 조금씩 좁혀가는 과정입니다.
그래서 사랑을 하기는 쉽지만 그 사랑을 얻기는 참 힘이 드는 것입니다.

같은 곳을 바라보고 넉넉히 감싸 안아주는 것.
나 자신을 온전히 내어주되 마음 아파하지 않는 것, 그게 사랑입니다.

16

부치지 않은 편지

가장 훌륭한 사랑의 행위는 관심을 표하는 것이다.
– 마이클 J 앨런

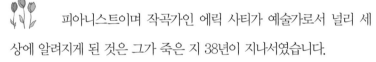   피아니스트이며 작곡가인 에릭 사티가 예술가로서 널리 세상에 알려지게 된 것은 그가 죽은 지 38년이 지나서였습니다.

죽을 때까지 에릭 사티를 따라다닌 것은 가난과 독신이었습니다. 그는 평생 '무슈 르포브르', 즉 '가난뱅이 씨'라고 불릴 만큼 지독하게 가난했으며, 단 한 번의 연애를 끝으로 독신으로 살았습니다.

파리 몽마르트로 이사 온 시골 청년 사티는 술집에서 피아노를 치며 곤궁한 생계를 이어가고 있었습니다.

그는 술집에서 당시 유명했던 화가 툴루즈 로트렉과 춤을 추고 있는 쉬잔 발라동을 처음 보았습니다. 그때 사티는 절대로 겁먹을 것 같지 않은 야생의 냄새를 풍기는 그녀를 보며 '섣불리 손을 댔다가는 깨물릴 것 같군'이라고 생각했습니다. 쉬잔 역시 로트레크의 어깨 너머로 사티를 눈여겨보고 있었지만, 그들이 다시 만난 건 2년 뒤의 일이었습니다.

쉬잔 발라동은 화가 툴루즈 로트렉과 르누아르, 퓌비 드 샤반의 모델이며 때론 그들의 연인이기도 했습니다. 사티는 자신의 어머니와 닮은 그녀를 한평생 사랑했습니다.

르누아르의 그림을 흉내 내기 시작하며 화가의 꿈을 키워가던 쉬잔은 사티에게 모델이 되어줄 것을 부탁했습니다. 그리고 그들의 동거는 반년 동안 지속되었습니다. 사티는 쉬잔과 사랑을 나누면서 맞은편 거울 속에서 벌거벗고 있는 어머니의 모습을 발견할 정도로 쉬잔은 사티의 어머니를 닮아 있었습니다.

사티의 초상화를 완성한 쉬잔이 슬픈 어조로 말했습니다.

"이걸 그릴 때 내 몸과 마음이 참 이상한 느낌이 들었어요. 어쩐지 이건 내가 그린 게 아니라, 내 몸속에 들어온 당신 어머니가 그린 것 같아요."

헤어지고 두 달 뒤 사티는 쉬잔에게 편지를 썼습니다.

"나는 어머니를 사랑했소. 그러나 나는 당신도 사랑했소. 이 사랑은 영원히 변치 않을 것이오."

사티는 애달프고 슬픈 음악들을 계속 작곡했지만, 한동안 압생트라는 독한 술에 빠져 살았습니다. 쉬잔은 그녀의 소망대로 프랑스의 표현주의 화가로 성공했습니다.

사티는 59세에 세상을 떠났습니다. 그가 죽은 뒤 아르크에 있던 그의 방에서 부치지 않은 편지 한 묶음이 발견되었습니다.

30여 년의 세월이 흐른 뒤에야 겨우 배달된 사티의 편지를 받은 61세의 유명 인사 쉬잔은 이렇게 고백했습니다.

"솟아나는 추억은 괴롭기도 하고 즐겁기도 하지만……."

너무나 쉽게 사랑하고 쉽게 헤어지는 요즘입니다.
그래서인지 예전처럼 강렬하고도 애틋한 그런 마음이 결여되어 있습니다.
때문에 누군가를 사랑하는 마음을 종이를 접듯이 쉽게 접을 수 있을 테지요.

사랑이 우리에게 주는 가장 큰 매력은 누군가를 향한 끝없는 그리움입니다.
이 그리움은 아무리 마셔도 채워지지 않는 갈증입니다.
다만 더욱더 사랑하는 수밖에는 그리움을 채울 길이 없습니다.

사랑이 아름다운 것은
'그리움' 때문입니다.
지금 당신의 마음은 어떤 그리움으로 가득 차 있습니까?

2장_ 사랑은 나중에 하는 게 아니라 지금 하는 것이다

3

행복

행복의 마법은 끝이 없다

기적을 낳은 27센트

가장 귀중한 재산은 사려가 깊고 헌신적인 친구다.
– 다리우스

미국 필라델피아에는 3천300여 명이 앉을 수 있는 대형 템플 침례교회와 템플 대학, 템플 병원, 템플 주일학교가 있습니다.

이렇게 큰 템플재단이 설립되기까지는 여러 사람들의 노고가 있었습니다.

하지만 그중에서도 한 어린 소녀의 애절한 사연은 많은 사람들의 마음에 감동을 전해주고 있습니다.

'해티 와이얄'이라는 어린 소녀가 있었습니다.

그녀는 한 작은 규모의 주일학교를 찾아가서 자신을 어떤 반에 넣어달라고 했습니다.

하지만 자리가 부족해 학생을 더 받을 수 없는 주일학교는 해티를 그냥 돌려보낼 수밖에 없었습니다.

그런데 그 후 채 2년이 지나지 않아서 해티 와이얕은 병을 앓다가 그만 세상을 떠나고 말았습니다.

해티가 죽은 뒤에 한 가지 사실이 알려졌습니다. 해티가 베고 있던 베개 밑에서 작은 어린이용 지갑이 하나 발견되었던 것입니다. 그리고 그 지갑 속에는 동전 27센트가 들어 있었습니다.

그리고 동전과 함께 꼬깃꼬깃 접힌 종이에 이런 메모가 적혀 있었습니다.

"예배당을 더 크게 지어서 많은 어린이들이 주일학교에 갈 수 있도록 해주세요."

그 교회의 목사님이 이 사실을 교회 성도들에게 알렸을 때, 그들은 모두 감동받았습니다.

그리고 한결같이 예배당을 증축해야 한다고 말했습니다. 또, 신문에 이 이야기가 보도되자, 전국 도처에서 사람들이 기부금을 내놓았습니다.

드디어 해티 소녀가 죽은 지 5년 만에 27센트였던 돈이 25만 달러라는 대단한 액수로 늘어났습니다. 그렇게 해서 템플 침례교회 예배당 증축은 물론 대학교, 병원 등을 세우게 된 것입니다.

오후에 신문을 보는데 이런 기사가 있었습니다.

중소기업 사장이 구입한 복권이 1억 원에 당첨되었다는 얘기였습니다.
그 사장은 자신이 경영하는 회사가 심한 경영난으로 어려움을 겪고 있는데도
당첨금 전액을 가난한 사람들을 위해 기부했다는 내용이었습니다.

세상에는 들국화 같은 마음을 가진 사람들이 참 많습니다.
들국화의 아름다움은 눈여겨보지 않으면 쉽게 볼 수 없습니다.
자신의 아름다운 모습을 드러내지 않기 때문입니다.

하지만 언제나 세상은 이런 사람들로 인해 아름답습니다.

누군가를 돕는 사람들을 보면 마음이 훈훈해집니다.
그 이유는 돕는 행위 속에 자신의 마음을 나누는 배려가 담겨 있기 때문입니다.

3장_ 행복의 마법은 끝이 없다

02

아버지의 후예

사람은 자기 일보다 남의 일을 더 잘 알고, 더 잘 판단한다.
– 테렌티우스

링컨의 아버지 토머스 링컨은 1637년 영국에서 이민 온 구두직공의 후예였습니다. 때문에 링컨 역시 신발 만드는 일을 했습니다.

링컨이 대통령에 선출되었을 때였습니다.

이 사실을 알게 된 상원의원들은 큰 충격을 받았습니다. 대부분의 상원의원들은 높은 학력에 명문 귀족 집안 출신이었습니다.

그래서 상원의원들은 신발 제조공 집안 출신에다 제대로 학교도 다니지 못한 링컨 밑에서 일해야 한다는 데 불쾌감을 느꼈습니다.

대통령에 선출된 링컨이 많은 상원의원들 앞에서 취임연설을 하게 되었습니다.

158

그때 거만해 보이는 한 상원의원이 일어나 링컨을 향해 말했습니다.

"당신이 대통령이 되다니 정말 놀랍소. 그러나 당신의 아버지가 신발 제조공이었다는 사실을 잊지 마시오. 가끔 당신의 아버지가 우리 집에 신발을 만들어 주러 찾아오곤 했소."

그러자 여기저기서 킥킥거리는 웃음이 새어나왔습니다. 그러나 링컨의 눈엔 눈물이 가득 고였습니다.

하지만 그것은 결코 부끄러움의 눈물이 아니었습니다.

"고맙습니다. 의원님 때문에 한동안 잊고 있던 내 아버지의 얼굴이 기억났습니다. 내 아버지는 신발 제조공으로 완벽한 솜씨를 가진 분이셨습니다. 여기 이 자리에 모이신 분들 중엔 내 아버지가 만드신 신발을 신으신 분들도 계실 겁니다. 만약 신발이 불편하다면 제게 말씀해주십시오. 아버지의 기술을 옆에서 보고 배웠기에 조금은 손보아드릴 수 있을 겁니다. 물론 제 솜씨는 돌아가신 아버지에 비교할 수 없습니다."

많은 사람들은 외출하기 전에 거울을 보며 외모를 손질합니다.
상대방에게 조금 더 매력 있게 보이기 위해서입니다.
이렇게 자신을 아름답게 가꾸는 것은,
상대방에 대한 예의일 뿐 아니라 당당하게 사는 모습이기도 합니다.

하지만 외모에만 너무 치중하다 보면 내면에는 소홀하게 됩니다.
우리가 간과하지 말아야 할 것이 있습니다.
외모는 세월이 흐름에 따라 변하지만,
내면은 나이가 들수록 더욱더 성숙해지고 아름다워진다는 것입니다.

03

마음속의 왕국

내일에 대해서는 아무것도 모른다.
우리가 할 일은 오늘이 좋은 날이며 오늘이 행복한 날이 되게 하는 것이다.
– 시드니 스미스

 독일의 신비주의자 타울러가 하루는 거지를 만나서 말했습니다.

"친구여, 오늘도 안녕하십시오."

그러자 거지는 이렇게 대답했습니다.

"나는 하루도 안녕하지 않은 날이 없었습니다."

타울러는 다시 거지에게 말했습니다.

"그러면 행복하기를……."

그러자 거지는 이렇게 대꾸했습니다.

"난 불행해본 적이 없어 하나님께 감사합니다."

타울러는 깜짝 놀라 휘둥그레진 눈으로 물었습니다.

"아니, 그것이 무슨 뜻입니까?"

거지는 웃으며 그에게 대답했습니다.

"날이 좋으면 감사하고, 비가 내려도 감사하고, 먹을 것이 넉넉하면 감사하고, 배고파도 하나님께 감사했습니다. 하나님의 뜻이 나의 뜻이요, 하나님을 기쁘시게 하는 것은 무엇이든 나를 기쁘게 합니다. 그러니 제게 무슨 불행이 있겠습니까?"

타울러는 더욱 놀라서 물었습니다.

"대체 당신은 누구십니까?"

그러자 거지는 연신 미소를 지으며 이렇게 말했습니다.

"나는 왕이오."

타울러는 자꾸만 알 수 없는 말을 하는 거지에게 큰 소리로 물었습니다.

"그러면 당신의 나라는 어디에 있소?"

거지는 이 한마디를 남기고는 천천히 걸어갔습니다.

"내 마음속에 있소."

사람들은 가장 소중한 것을 멀리서 찾으려 합니다.
여러분은 자신에게 가장 소중한 것이 무엇일까, 하고 생각해본 적이 있습니까?

가진 것이 그리 넉넉하지 않아도 행복하게 살아가는 사람들도 많습니다.
행복을 외부에서 찾으려 하지 않고 자신의 마음속에서 찾았기 때문입니다.

삶을 살아가는 데 있어 무엇보다 마음이 가장 중요합니다.
어떤 마음의 자세로 하루하루를 살아가느냐에 따라 미래가 달라질 수 있기 때문입니다.

마음은 현실을 만드는 공장과 같습니다.
지금 이 순간 어떤 마음으로 살아가느냐에 따라 미래가 달라집니다.
당신의 마음은 어디를 향해 있습니까?

_____

_____

_____

_____

_____

_____

_____

_____

행복의 세 잎 클로버

행복의 비밀은 자신이 좋아하는 일을 하는 것이 아니라,
자신이 하는 일을 좋아하는 것이다.
– 앤드류 매터스

1947년 10월 6일, 미국의 유명한 잡지 《라이프》지에는 슈바이처 박사의 삶에 대한 기사가 실렸습니다. 그 기사는 먼 훗날 한 사람의 운명을 변화시키는 계기가 되었습니다.

당시 미국 애리조나 주에는 걸프오일과 멜런은행을 소유한 멜런 가문이 있었습니다. 윌리엄 래리머 멜런 주니어도 가문의 일원으로서 부유한 백만장자의 삶을 살고 있었습니다.

그는 《라이프》지를 펴 들고 아프리카 정글에서 흑인 원주민과 함께 환하게 웃고 있는 노의사를 보았을 때, 문득 자신의 삶을 되돌아보게 되었습니다. 그리고 마흔을 바라보는 나이에 자신이 어떻게 살

아야 할지 다시 인생 계획을 세우기 시작했습니다.

그는 슈바이처처럼 의사가 되어 남아메리카 대륙에서 의료 봉사를 벌이기로 계획을 세웠습니다. 그리고 자신에게 새로운 삶을 살도록 계기를 준 슈바이처 박사에게 편지 한 장을 띄웠습니다.

"당신을 알고부터 나는 예전의 나보다 훨씬 나은 사람이 되었습니다."

이후 슈바이처가 세상을 떠날 때까지 두 사람은 무려 18년 동안이나 편지를 주고받았습니다. 슈바이처는 편지를 통해 어떻게 하면 의사로서 원주민을 잘 돌볼 수 있는지 하나하나 자세하게 알려주기까지 했습니다. 그리고 의학 공부에서부터 병원 인력을 뽑는 방법 등 실제적인 조언 외에, 자신의 철학까지도 편지로 알려주었습니다.

멜런은 다시 대학에 입학해 의학을 전공했습니다. 의사 자격증을 딴 즉시 중미 아이티의 아르티보니트 계곡 속으로 들어간 그는 자신의 전 재산을 들여 병원을 지은 뒤 슈바이처의 이름을 딴 간판을 내걸었습니다.

그는 다른 의사들을 고용해 환자를 돌보는 것은 물론 교육시설까지 마련해 아이들을 가르쳤습니다. 1989년 세상을 떠날 때까지 멜런이 한 일은 자신의 스승인 슈바이처가 아프리카에서 했던 그대로였습니다.

자신이 이루고 싶은 꿈에 대한 계획을 세워 성취할 수 있다면
그보다 더 큰 행복은 없을 겁니다.

그러나 대부분의 사람들은 마음속에 간직하고 있는 꿈을
현실로 옮기지 못하고 있습니다.
삶 속의 여러 가지 어려움을 극복하지 못하기 때문입니다.

주위에는 너무 과한 욕심을 부려
가능한 일조차 어렵게 만드는 사람들도 있습니다.
그런 사람들을 보며 우리 자신도 한번 되돌아볼 줄 알아야 합니다.
한꺼번에 너무 많은 것을 이루려는 욕심은 오히려 화를 부르게 마련입니다.

그리고 무엇보다 중요한 것은, 네 잎 클로버를 찾기 위해
수많은 세 잎 클로버를 무참히 짓밟지 말아야 한다는 것입니다.
하나의 행운을 찾기 위해
수많은 행복을 잃는다는 것은 참으로 어리석기 때문입니다.

세상에는 다양한 모양의 행복들이 있습니다.
당신에게 가장 소중한 행복은 무엇인가요?

05

보내고 나서 더욱 깊어지는 사랑

격렬하게 사랑하고 있을 때는
자기 자신을 사랑하고 있는 것인지 상대를 사랑하고 있는 것인지 잘 생각하라.
— 유태격언

〈목마와 숙녀〉의 시인 박인환의 인생 최대의 목표는 시인이
되는 것이었습니다.

서울 시내 한복판에 서점을 낸 것도 문단의 여러 인사들과 사귀
기 위한 방편이었지 장사를 잘해볼 생각은 아니었습니다.

박인환은 아버지와 이모가 보태 준 돈으로 파고다 공원 정문에
서 동대문 쪽으로 약 60미터 거리에 있는, 즉 낙원동 입구에다 20평
남짓한 규모로 서점을 냈습니다. 그것이 〈후반기〉라는 동인 탄생의 산
실이자 평생의 반려자를 만나게 되는 '마리서사'였습니다.

인환은 이 서점에서 문단의 유명인사들과 안면을 터 등단을 하게

될 뿐 아니라 한 여인을 사귀게 되었습니다.

서점에 가끔 들러 시집을 사 가는 이정숙이라는 아가씨에게 그는 새로 나온 시집을 권하는 한편, 자신의 시가 실린 신문 〈국제신보〉와 문예지 《신천지》를 슬쩍 보여주기도 했습니다. 진명여고를 나온 이정숙은 이른바 문학소녀였습니다.

두 사람의 사랑은 무르익어 1948년 봄, 많은 하객과 시인들의 박수를 받으며 덕수궁 석조전에서 결혼식을 올렸습니다.

하지만 갑자기 일어난 6·25전쟁으로 신혼의 단꿈은 깨어지고 말았습니다.

전쟁을 피해 두 아이와 아내를 데리고 대구로 피난을 간 인환은 〈경향신문〉 소속 종군기자로 일하다가 육군 소속 종군기자단에 들어가 전선과 후방을 뛰어다니며 기사를 썼습니다.

나이 서른에 세 자식을 두게 된 시인은 외항선을 탔습니다. 해운공사에 취직하고 얼마 안 되어 화물선 남해호의 사무장이 되었습니다. 시를 쓰겠다고 신문사를 나왔지만 '시인'이 직업이 될 수는 없었기 때문이었습니다.

현재 배 위에서 쓴 그의 편지가 여러 통 전해지고 있습니다.

"이 편지가 들어갈 때는 세형이도 학교에 다니게 될 것인데, 참으로 그 모습이 보고 싶으며, 보지 못하는 것이 가슴 아픕니다. 생활은 어떻게 하는지, 여기서 걱정한다고 소용이 없으나, 미안합니다. 얼마

동안만 참아주시고, 앞으로는 행복하게 지냅시다. 그리워 죽겠습니다. 많은 것을 배우고 있습니다. 영원히 당신을 사랑합니다."

세상에서 가장 큰 고통은 이별 뒤에 찾아오는 그리움입니다.

하지만 이별 뒤에는 사랑할 땐 몰랐던 그 사람의 좋은 점과 좋은 기억들만 떠오릅니다.

사랑하는 사람을 보내고 나면 사랑할 때보다 더 많은 웃음을 지어봅니다.
길에서 우연히 그 사람 만나게 되더라도, 힘들어하거나 슬픈 내 모습을 보고
그 사람이 마음 아파하게 하고 싶지 않기 때문입니다.

어쩌면 떠나보내고 난 뒤 더 깊어지는 것이 사랑일 겁니다.

06

쾌락과 행복의 차이

불행한 사람은 언제나 자신이 불행하다는 것을 자랑삼고 있는 사람이다.
— 러셀

 성공학의 창시자 오리슨 스웨트 마든은 이렇게 말했습니다.

"두 사람이 있다고 가정해보자. 한 사람은 나뭇잎 하나에 감탄하고, 꽃 한 송이에서 신성한 의미를 찾으며, 아름다운 경치만 보면 기쁨으로 영혼이 울렁거리고, 저녁노을이 질 때면 그의 영혼까지 밝개진다.

다른 한 사람은 그저 평범한 나뭇잎 하나, 꽃 한 송이, 저녁노을이라고 무심하게 볼 뿐이다. 이런 사람은 절대 행복을 찾을 수 없다. 미적 감상과 미적 쾌락의 기쁨을 얻을 수 있는 기회를 가지고 있지 못하기 때문이다.

우리 주변에는 진정한 행복의 재료가 널려 있다. 그 재료들은 무료이고 무한정이다. 그럼에도 우리 중 많은 사람들은 예민한 감각을 위축시키고, 돈이나 물질을 행복의 주요 원천으로 생각한다. 자연에서 장엄한 것, 최고의 것을 개발하며 아름다움을 인생에 넣은 것에 비교한다면 지갑에 돈을 넣는 일은 그다지 이익이 생기는 일은 아니다.

삶의 기쁨은 우리와 함께 있는 것이 아니라, 우리 안에 있다. 그것은 감상할 수 있는 능력, 공짜일 뿐 아니라 모든 곳에 널려 있는 미적 기쁨을 얻는 우리의 능력이다.

하지만 너무도 자주 우리는 쾌락과 행복을 혼동한다. 쾌락은 더욱 일시적인 기쁨이다. 좋은 책을 읽은 데서 오는 것과 같은 지속적인 만족이 아니라, 쏜살같이 지나가는 기쁨이다.

식욕이나 열정의 만족에서 나오는 쾌락은 미적 감상에서 얻을 수 있는 기쁨과 비교하면 찌꺼기나 다름없다. 영혼의 기쁨은 다른 모든 쾌락을 능가한다."

우리 주위에는 우리를 기쁘게 하는 것들이 참 많습니다.
비가 그친 뒤에 맑은 햇살이 하늘에 가득 퍼질 때, 그리고 친구에게
돈을 빌려주고선 한동안 잊고 지내다 친구에게서 돌려받을 때도 기쁨을 느낄 수 있습니다.

이렇듯 우리가 작은 기쁨에 소홀했을 뿐이지, 기쁨은 언제나 우리 주위에 있습니다.

삶을 바라보는 마음의 자세를 통해 우리는 많은 것을 변화시킬 수 있습니다.
어제는 비가 내렸지만 오늘은 날씨가 화창하듯이, 우리네 인생에도
기쁜 일과 슬픈 일이 공평하게 섞여 있기 때문입니다.

사람들이 진정한 행복을 느낄 수 없는 것은 자꾸만 먼 곳에서 행복을 찾으려 하기 때문입니다.
행복의 파랑새는 다른 데도 아닌 자신과 가장 가까운 곳에서 훨훨 날고 있답니다.

행복은 결코 먼 데 있지 않습니다.
지금 당장 "나는 행복하다!"라고 말할 수 있다면
희한하게 행복한 일들만 생겨나게 됩니다.

07

행복해지는 부적

행복은 불행이 없으면 보다 커지지 않는다.
— 회남자

  어느 나라에 이제 막 결혼한 왕자와 공주가 있었습니다.

그들은 서로 사랑하며 행복하게 지냈지만 한 가지 걱정이 있었습니다. 지금은 더없이 행복하지만 시간이 지나고 나면 불행해질지도 모른다는 걱정이었습니다.

왕자와 공주는 깊은 산속에 사는 현명한 사람을 찾아갔습니다.

현명한 사람은 왕자와 공주의 걱정을 듣더니 웃으며 말했습니다.

"두 사람의 행복을 영원히 지킬 수 있는 부적이 있습니다. 많은 곳을 여행하면서, 모든 면에서 행복한 가정을 이루고 있는 사람들을 찾으세요. 그 사람들의 속옷 조각이 바로 행복해지는 부적이랍니다."

왕자와 공주는 부적을 얻기 위해 여행을 떠났습니다. 먼저, 서로 아끼고 사랑하며 산다는 소문난 부부를 찾아갔습니다.

"당신들은 정말 행복해 보이는군요."
"하지만 우리에게는 아이가 없답니다. 그래서 그것이 걱정이지요."

이번에는 자식이 많은 늙은 부부를 찾아갔습니다.

"자식이 너무 많아 힘들답니다. 서로 사랑하며 살긴 하지만, 아이들 때문에 꼭 한 가지씩 힘든 일이 생기지요."

고생스러운 여행을 계속했지만, 필요한 부적은 구할 수가 없었습니다. 지쳐서 고향으로 돌아온 왕자와 공주는 현명한 사람을 찾아갔습니다.

"부적을 찾지 못했어요. 우린 헛고생만 했답니다."
"정말 여행에서 아무것도 얻지 못했소? 잘 생각해보시오."

왕자와 공주는 현명한 사람의 물음에 잠시 고개를 숙이고 생각에 잠겼습니다.

"아니에요. 얻은 것이 있어요. 이 세상에 완벽하게 행복한 사람은 없다는 것을 알았어요."

왕자가 먼저 고개를 들고 소리쳤습니다.

"그리고 행복을 얻기 위해서는 모든 것에 만족하며 살아야 한다는 것도 배웠어요."

안데르센이 쓴 동화《행복해지는 부적》에 나오는 왕자와 공주의 이야기랍니다.

우리가 살아가는 삶의 과정에는 참 다양한 변화들이 있습니다.
어떤 날에는 그런 변화에 의해 기쁨과 행복이 가득 찹니다.
또, 어떤 날에는 온종일 슬픔에 빠져 있기도 합니다.
이렇듯 인생에는 행복과 슬픔이 고루 섞여 있습니다.

진정 행복을 느끼며 살아가는 사람은 어떤 계기 때문에 기뻐하지는 않습니다.
생활 속의 모든 일과 변화를 온전히 받아들이며 사랑하기 때문에 행복합니다.

행복을 얻기 위해서는 모든 것에 만족할 줄 알아야 합니다.
만족하며 사는 마음.
이것은 세상에서 가장 행복해지는 비결입니다.

만족은 행복으로 가는 '지름길'입니다.
행복으로 가는 지름길을 놔두고 자꾸만 멀리 돌아서 가고 있지 않습니까?

08

친절, 사랑, 자비로 당신의 이름을 써라

행복은 다른 사람의 행복을 바라볼 수 있는 데서 생기는 즐거운 느낌이다.
- A. G. 비어스

 비처 목사는 다음과 같이 말했습니다.

"자신도 알지 못하는 사이에 모든 사람들을 더 행복하게 만드는 것은 얼마나 훌륭한 재능인가! 꽃들은 자신들이 얼마나 아름다운지 알지 못한다. 장미와 카네이션은 하루 종일 나를 행복하게 한다.

그렇지만 그 꽃들은 나의 생각을 모르고, 그들이 하고 있는 친절한 행위를 모르고, 그저 꽃병 안에 다소곳이 모여 있다. 사람들도 마찬가지다. 천성적으로 타인의 마음을 기쁘게 하는 사람, 관대하고 밝은 성격의 사람, 무의식적인 행동으로 다른 사람들의 노여움을 가라앉히고, 유쾌하게 만들고, 어려움을 돕는 사람들.

신이시여, 이들을 축복하소서. 그들은 모든 사람들을 축복해주기 때문입니다."

우리 주위에는 작은 친절을 베푸는 사람들이 많습니다. 또, 다른 사람의 상처를 감싸 안아주는 사람들도 많고요. 이런 따뜻한 마음들이 때로 깜깜한 밤 같은 이 세상을 밝게 비추어주는 별빛 같은 것일 테지요.

"무엇인가를 위해서 살아라. 좋은 일을 해라.
그리고 시간의 폭풍이 절대 파괴할 수 없는 선행의 순간을 남겨라.
만나는 사람의 가슴에 친절, 사랑, 자비로 당신의 이름을 써라.
그러면 절대 잊히지 않을 것이다.
선행은 하늘의 별처럼 지구 위에서 밝게 비출 것이다."

찰머스 박사는 선생에 대해 이렇게 말했습니다.

"삶을 살면서 행한 아름다운 선행은 절대 잊지 않는다."

지금까지 존경을 받는 사람들은 어떤 대가를 바라지 않고
진정 남을 사랑하는 마음에서 많은 선행을 베풀었습니다.
그런 사람들의 모습은 진정 아름답습니다.

그러나 자신의 이름을 알리려는 욕심으로 재산을 기부하는 모습은
눈살을 찌푸리게 합니다. 굳이 많은 재물이 아니어도 좋습니다.
길을 건너는 장애인의 휠체어를 밀어주거나 무거운 짐을 같이 들어주는 것만으로도
세상은 충분히 아름다워집니다.

09

자신을 좀먹는 일벌레

불행은 전염병이다. 불행한 사람과 병자는 따로 떨어져서 살 필요가 있다.
그 이상 더 병을 전염시키지 않기 위해서.
— 유태격언

오리슨 스웨트 마든이 쓴 《행복하다고 외쳐라》에 실려 있는
이야기 중의 하나입니다.

어느 마을에 휴가를 갈 여유가 없다고 말하는 사람이 있었습니
다.

여러 차례 사무실로 전화했지만, 한 번도 그 사람이 한가한 때를
발견하지 못했습니다. 그는 항상 일을 하고 있었습니다. 해가 지나도
그의 맹렬히 일하는 기세는 식을 줄을 몰랐습니다. 그 사람은 자신이
나 주변의 모든 사람들이 열심히, 쉬지 않고 일해야 한다는 신조를 가

지고 있었습니다.

휴가나 휴식은 터무니없는 소리이고, 일 외에 소비되는 시간은 낭비라고 말했습니다. 시골에 처박혀 있거나 아무 일도 하지 않고 빈둥거리며 보내기에는 인생이 너무 짧다는 것이 그의 지론이었습니다.

그리고 결국 그는 건강을 해쳤습니다. 손이 너무 떨려서 수표에 서명조차 하기 힘들었습니다. 한때는 활기차고 확고하던 발걸음은 불확실하고 느리게 변했습니다. 너무도 약해 금방이라도 쓰러질 것처럼 보였습니다. 그래도 그는 휴가를 떠나거나 일을 포기하기를 거부했습니다.

비록 그는 돈을 벌었을지 모르지만, 절대적인 실패자였습니다. 직원들 중 그를 동정하는 사람은 아무도 없었습니다. 너무 비열하고 인색하다고 여겼기 때문이었습니다.

그는 단순한 사업 기계에 불과했습니다. 냉정하고 일밖에 모르며 인간 감정에 반응할 줄 모르는 기계였던 것입니다.

재물이 아무리 많더라도 건강을 잃으면 아무 소용이 없습니다. 몸이 아프면 행복한 일이나 기쁜 일도 우울하게만 느껴지기 때문입니다.

재물은 없다가도 다시 얻을 수 있습니다.
하지만 건강은 한 번 잃으면 다시 회복하기가 여간 힘들지 않습니다.

때문에 꿈이 있는 사람은 가장 먼저 건강을 돌보아야 합니다.
마음과 더불어 몸이 온전할 때 자신이 이루고자 하는 꿈을 성취할 수 있기 때문입니다.

여러분, 때로 휴식을 취함으로써
지친 몸과 마음이 새로운 힘을 얻는다는 것을 잊지 말아야겠습니다.

아무리 원대한 꿈이 있어도 건강하지 못하다면 요원한 꿈이 됩니다.
당신은 건강을 위해 일주일에 몇 시간을 투자하고 있습니까?

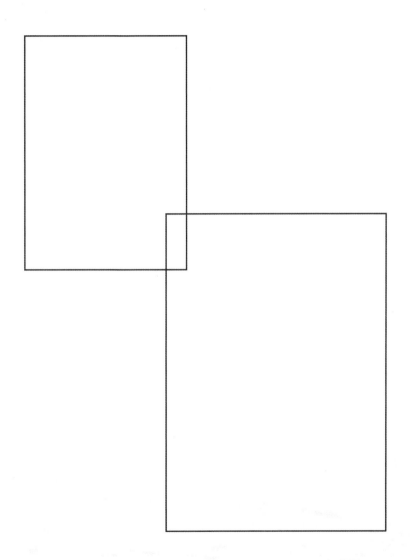

3장_ 행복의 마법은 끝이 없다

10

네가 나를 길들인다면

외모의 아름다움은 눈만을 즐겁게 하나
상냥한 태도는 영혼을 매료시킨다.
— 볼테르

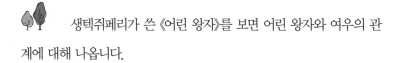 생텍쥐페리가 쓴 《어린 왕자》를 보면 어린 왕자와 여우의 관계에 대해 나옵니다.

"넌 누구지? 넌 참 예쁘구나……."

어린 왕자가 말했다.

"난 여우야."

여우가 말했다.

"이리 와서 나하고 놀자. 난 아주 슬프단다……."

어린 왕자가 제의했다.

"난 너하고 놀 수 없어. 나는 길들여져 있거든."

여우가 말했다.

"아! 미안해."

어린 왕자가 말했다.
 그러나 잠깐 생각해 본 뒤에 어린 왕자는 다시 말했다.

"'길들인다'는 게 뭐지?"
"너는 여기에서 사는 애가 아니구나. 무얼 찾고 있니?"

여우가 물었다.

"난 사람들을 찾고 있어."

어린 왕자가 말했다.

"'길들인다'는 게 뭐지?"
"사람들은 소총을 가지고 사냥을 하지. 그게 참 곤란한 일이야. 그들은 병아리들도 길러. 그것이 그들의 유일한 낙이야. 너 병아리를 찾니?"

여우가 물었다.

"아니야. 난 친구들을 찾고 있어. '길들인다'는 게 뭐지?"

어린 왕자가 말했다.

"그건 너무 잘 잊히고 있는 거지. 그건 '관계를 맺는다……'는 뜻이야."

여우가 말했다.

"관계를 맺는다고?"
"그래."

여우가 말했다.

"넌 아직은 나에게 수많은 다른 소년들과 다를 바 없는 한 소년에 지나지 않아. 그래서 난 너를 필요로 하지 않고. 너 역시 마찬가지일 거야. 난 너에게 수많은 다른 여우와 똑같은 한 마리 여우에 지나지 않아. 하지만 네가 나를 길들인다면 나는 너에게 이 세상에 오직하나밖에 없는 존재가 될 거야……"

3장_ 행복의 마법은 끝이 없다

우리는 하루에 수많은 사람들을 만나며 살아갑니다.
하루에도 참 많은 사람들과 얘기를 합니다.

만나는 사람들을 헤아려보면 놀랄 정도로 많습니다.
그러나 우리가 진정 마음을 터놓고 지내는 친구 같은 사람은 별로 없는 듯합니다.

대부분의 사람들은 새로운 사람을 만날 때 경계를 하게 됩니다.
그 사람의 내면을 알 수 있을 때까지 조금은 낯설어하고 거리를 두게 되는 것입니다.
이런 행동은 어쩌면 당연한 것일 테지요.
살아가면서 상처를 입는 이유 중의 대부분이 새로운 사람과의 만남에서 비롯되기 때문입니다.

세상에는 수많은 사람들이 있습니다.
어떤 사람은 자연스럽게 마음이 끌리기도 하고 또 어떤 사람은 거북하고 불편하기도 합니다.

어린 왕자에게 여우는 이렇게 말합니다.

"'네가 나를 길들인다면 나는 너에게 이 세상에 오직 하나밖에 없는 존재가 될 거야.'"

그렇습니다. 관계는 서로에게 어떻게 익숙해지느냐에 달려 있습니다.

만약, 지금 누군가를 사랑한다면 먼저 자신의 마음의 문을 활짝 열어야 합니다.
그리고 진실하게 그 사람을 이해하고 배려할 수 있어야 합니다.

관계는 서로에게 어떻게 익숙해지느냐에 달려 있습니다.
다가가고 싶은 상대에게 먼저 다가가 거리낌 없는 사이가 되어보면 어떨까요?

11

기회는 언제나 곁에 있다

현실에 안주하지 않고, 꿈을 성취하기 위해 노력하는 모습은 아름답습니다. 그리고 이러한 과정 속에서 행복을 느낄 수 있습니다.

그러나 미래에 대한 헛된 희망으로 인해 지금의 황금 같은 기회를 저버리지 말아야 합니다.

동양에 이런 우화가 전해 내려옵니다.

어느 천재가 아름다운 하녀에게 만약 멈추거나, 뒤돌아보거나, 여기저기 헤매지 않고 옥수수 밭에서 가장 크고 잘 익은 열매를 골라

온다면 값비싼 선물을 주겠다고 약속했습니다.

선물의 가치는 선택한 열매의 크기와 완벽함에 비례한다는 것이었습니다. 하녀는 옥수수 밭을 걸어가기 시작했습니다.

그리고 선택할 만한 가치가 있는, 수많은 열매를 보았지만 더 크고 더 잘 익은 열매를 찾게 되리라 기대했습니다.

점점 안으로 들어간 하녀는 줄기가 놀랄 정도로 크게 자란 옥수수가 있는 지역까지 가게 되었습니다.

하지만 상을 받을 정도로 크지는 않다고 생각하고 지나쳐버렸습니다. 결국 하녀는 아무것도 선택하지 못하고 옥수수 밭을 통과해버렸음을 깨달았습니다.

찰스 더들리 위너는 이렇게 말했습니다.

"유감스러운 일은 대부분의 사람들이 행복 추구를 부(富)의 추구로 해석하고, 많은 돈을 벌기 위해 행복해지는 일을 뒤로 미룬다는 것이다. 운이 좋아 부자가 된다 하더라도 결국에는 행복이 자신들을 피해 갔음을 발견하게 된다. 즉, 돈을 버느라 행복을 느낄 수 있는 재능을 개발하지 못한 것이다."

인생의 모든 기회들은 꿈을 잃지 않고 현실에 충실할 때 비로소 주어집니다.
많은 사람들은 지금 자신에게 주어진 기쁨과 행복을 깨닫지 못한 채
수많은 기회를 놓치며 살아갑니다.

우리가 찾는 것들은 항상 주변에 있습니다.
매 순간마다 성공으로 이끌어줄 기회들이
함께 숨 쉬고 있다는 것을 잊지 말아야겠습니다.

나는 여러분들과 그동안 내가 알게 된 성공하는 방법들을 함께 나누고 싶습니다.
꿈을 이루고 성공하는 것은 생각처럼 어렵지 않습니다.
010.7286.7232로 문자를 보내거나 전화한다면 내가 조언을 아끼지 않겠습니다.

12

나 자신을 기꺼이 버릴 때

행복과 불행은 모두 마음에 달려 있다.
- 데모 크리토스

자기 자신보다 세상을 향해 시선을 돌릴 때 세상의 아름다움이 눈에 들어옵니다. 그동안 보지 못했던 길가의 작은 풀꽃의 향긋함을 느낄 수 있고, 맑은 햇살의 눈부심을 볼 수 있습니다. 또, 나뭇가지에 앉아 노래하는 정겨운 새소리를 들을 수도 있습니다.

시선이 자기 자신만을 향할 때는 타인의 모습이 눈에 들어오지 않습니다. 눈에 들어온다 해도 오로지 단점밖에 눈에 띄지 않습니다. 그렇기에 타인과 선뜻 친해질 수 없을뿐더러 그만큼 삶은 외롭고 삭막해집니다.

유태인 제자 한 사람이 랍비에게 찾아와 물었습니다.

"가난한 사람들은 비록 가진 것은 없지만, 힘이 닿는 데까지 서로 도우며 살려고 노력합니다. 그런데 저는 왜 그런 마음이 생기지 않는 걸까요?"

랍비는 잠시 무엇인가 생각하더니 이렇게 말했습니다.

"창밖을 내다보아라. 무엇이 보이느냐?"

제자는 이렇게 대답했습니다.

"엄마가 자녀의 손을 잡고 다정하게 길을 걷고 있습니다. 그리고 마차 한 대가 한가롭게 달려가고 있습니다."

잠시 후 랍비는 다시 물었습니다.

"그렇다면 이번에는 벽에 걸린 거울을 자세히 들여다보아라. 무엇이 보이느냐?"

제자는 거울을 몇 번이나 들여다본 뒤 대답했습니다.

"제 모습밖에는 보이는 것이 없습니다."

그러자 랍비는 조용하고도 단호하게 제자에게 말했습니다.

"창이나 거울 모두 유리로 만들어졌지만, 유리에 칠을 하게 되면 자신의 모습밖에는 볼 수 없는 것이지."

마음속에 자기 자신이 가득 차 있으면 다른 사람이 들어올 공간이 없습니다.
방 안에 물건을 잔뜩 쌓아 놓고서 다른 물건을 놓을 공간이 없다고 말하는 것과 같습니다.

누군가를 좋아하고 사랑하기 위해선 가장 먼저 자신을 버릴 수 있어야 합니다.

자신을 온전히 버려야만 마음속에 그 사람을 받아들일 수 있습니다.
주위를 둘러보면 외로워하는 사람들이 많습니다.

그러나 정작 그들은 알지 못합니다.
자신의 마음속에 다른 사람이 들어갈 공간이 없다는 것을 말입니다.

나를 버릴 때, 누군가가 우정이나 사랑으로 다가올 수 있습니다.
나 자신을 기꺼이 버릴 때 외로움은 따뜻한 사랑으로 바뀌는 것입니다.

먼저 나 자신을 비울 때 타인이 내 안으로 들어올 수 있습니다.
자주 외롭다고 말하면서
정작 당신의 마음속에 당신 자신으로 가득 차 있지는 않습니까?

_____

_____

_____

_____

_____

_____

3장_ 행복의 마법은 끝이 없다

13

실패 없는 인생에는 성공도 없다

끝나버리기 전에는 무슨 일이든 불가능하다고 생각하지 마라.
— 키케로

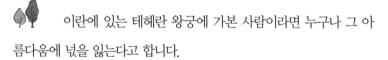   이란에 있는 테헤란 왕궁에 가본 사람이라면 누구나 그 아름다움에 넋을 잃는다고 합니다.

왕궁이 아름다운 이유는, 입구에서부터 아치형 천장과 벽 그리고 창문에 이르기까지 마치 다이아몬드처럼 눈부시게 빛나고 있는 유리 장식 때문입니다.

이 유리 장식은 빛의 밝기와 방향에 따라 각양각색의 빛을 발합니다. 유리 장식을 자세히 들여다보면 모두가 미세한 유리 조각들입니다.

그런데 이 아름다운 왕궁이 탄생할 수 있었던 이유는 깨진 유리 때문이었습니다. 참으로 재미있는 일이 아닐 수 없습니다.

다음 이야기는 테헤란 왕궁을 지을 당시의 일화입니다.

건축가들은 왕궁을 장식할, 거울처럼 비치는 반투명 유리를 프랑스에 주문했습니다. 이윽고 몇 달간의 운송 기간을 거쳐 유리가 도착했습니다.

하지만 포장을 풀어보니 유리가 완전히 깨져 있었습니다. 이 사실에 공사 관계자들은 화가 머리끝까지 났습니다. 그들은 프랑스 정부에 욕을 퍼부으며 즉각 새로운 제품을 다시 보내줄 것을 요청했습니다.

그런데 그중 한 사람이 이런 제안을 했습니다.

"차라리 이 깨진 유리를 붙인다면, 더 아름다운 건축물이 탄생할지도 모릅니다."

다시 유리를 주문한다 해도 공사 기간이 연장되는 것은 불 보듯 뻔한 일이었습니다. 그래서 공사 책임자는 그의 제안을 받아들였습니다.

작업 인부들은 큰 유리 조각을 일부러 잘게 부수어 벽과 창에 입히기 시작했습니다. 그런데 이 광경을 본 사람들은 저마다 감탄했습니다.

'깨진 유리 조각이 저리 아름다울 수가 있을까?'

급기야는 아치형 천장까지도 작은 유리 조각으로 장식하게 되었습니다.

지금도 많은 나라의 관광객들이 이 왕궁의 장식을 보기 위해 떼를 지어 몰려와 저마다 감탄한다고 합니다.

그런데 알려지지 않은 사실이 하나 있습니다. 깨진 유리를 활용하자고 제안했던 사람이 갓 입사한 견습공이었다는 것입니다. 그는 테헤란 시내에 조그만 양복점을 하던 사람이었습니다. 사업이 제대로 되지 않아 때때로 자투리 천을 엮어 옷이나 이불을 만들어 팔던 사람이었던 것입니다. 그때 만들었던 자투리 천의 옷과 이불이 특별히 더 아름다웠다는 사실을 기억해내고는 그런 제안을 했던 것입니다.

모두가 원하는 성공의 척도는 다 다릅니다.

하지만 자신의 분야에서 최고가 되고 싶은 마음은 한결같습니다.

성공을 이룬 사람들에게는 사람들의 찬사가 쏟아집니다.
그러나 실패한 사람에게는 차가운 냉대와 절망밖에 남아 있지 않습니다.

우리가 알고 있는 성공한 사람들은 보통사람들과 다른 점이 있습니다.
많은 사람들이 시련 앞에서 좌절하거나 다른 길을 택했을 때
그들은 결코 절망하지 않았다는 것입니다.
비록 힘겨운 실패를 했지만, 결코 뜻을 굽히지 않았다는 것입니다.
오히려 그 실패 속에서 새로운 가능성을 발견했습니다.

실패 없는 인생에는 당연히 성공도 없습니다.
여러분, 자신이 처해 있는 현실이 어두울 때 이렇게 외쳐보십시오.

"나는 지금의 시련을 딛고 일어나 반드시 정상에 오를 것이다!"

불운이 없다면 성공도 없습니다.
불운하다는 것은 성공으로 가는 과정에 있다는 것을 말합니다.

14

우리는 신이 아니기에

사랑 그 자체에는 문제가 없다. 문제는 사랑하는 사람들에게 있는 것이다.
― 카프카

세상에서 실수 한 번 하지 않고 살아가는 사람은 아무도 없습니다. 우리는 실수를 통해 새로운 깨달음을 얻거나 좋은 아이디어를 얻습니다. 그렇기에 실수를 무조건 나쁘다고 말할 수 없습니다.

간디가 변호사로 있을 때의 이야기입니다.

하루는 그의 친한 친구인 루스톰지가 허둥지둥 찾아와 눈물을 줄줄 흘리며 도움을 요청했습니다.

그는 뭄바이와 캘커타에서 상품을 수입해 파는 중개상이었습니다. 그런데 사업을 하는 과정에서 밀수를 해 왔다는 것이었습니다. 당시 밀수는 암암리에 인정되어 왔지만 갑작스런 단속으로 자신이 수사

망에 걸려들었다고 그는 덧붙였습니다.

루스톰지는 간디를 데리고 그의 변호사를 찾아갔습니다.

변호사는 전후의 사정을 간디에게 이야기한 뒤, 법정형을 살지 않기 위해서는 세관관리와 검찰총장의 동의를 얻어야 한다고 말해주었습니다.

간디는 깊은 생각에 잠겼습니다. 루스톰지는 다시는 이런 잘못을 하지 않겠다고 간디에게 용서를 빌고 또 빌었습니다.

생각에서 깨어난 간디는 두려움에 떨고 있는 그의 눈빛을 보고는 차분히 이야기를 건넸습니다.

"루스톰지, 내가 그들을 만나보겠네. 하지만 기대는 하지 않길 바라네. 당신은 나에게 잘못한 게 아니라 이 사회에 잘못을 했다네. 당신은 감옥에 가는 것을 각오해야 하네. 감옥에 가는 것이 부끄러운 게 아니라 밀수를 했다는 것이 부끄러운 것이야. 자네는 부끄러운 행동을 이미 다 저질렀어. 감옥에 가는 것을 참회로 생각해야 할 것이네."

다행히도 간디를 만난 세관관리와 검찰총장은 루스톰지의 잘못을 모두 알고 있었습니다. 그러나 그다지 큰 액수가 아니었기에 묵인해주기로 했습니다. 루스톰지는 자신의 잘못을 자백했기에 법정형을 받지 않고 밀수액의 두 배에 해당하는 벌금만을 물게 되었습니다.

우리는 세상을 살아가다 뜻하지 않게 실수를 하기도 합니다.
자신이 계획했던 일을 이루어가는 과정에서 발생할 수도 있습니다.
사람은 신이 아닌 이상 모두가 실수를 하게 마련입니다.

하지만 중요한 것은,
그러한 잘못을 했을 때 감추지 않고
떳떳하게 상대방에게 용서를 구해야 한다는 것입니다.

많은 사람들은 자신의 잘못을 숨기기에 급급합니다.
설사 다른 사람들이 보지 않았다고 해서 진정 자신의 양심까지 속일 수는 없습니다.
양심을 속이는 일은
다른 사람들을 속이는 것보다 더 자신을 힘들게 한다는 것을 알아야 합니다.

3장_ 행복의 마법은 끝이 없다

이 세상은 자신의 잘못을 진심으로 뉘우치는 사람에게는 관대합니다.
오히려 용기를 잃지 않도록 격려를 해주기도 하지요.
그러나 자신의 잘못을 감추려는 사람에게 돌아가는 것은 냉대와 심한 형벌뿐입니다.

15

평범함을 즐기는 대통령

독수리는 마지막 성공을 거둘 때까지 온 생명을 바쳐 노력한다.
– 여안교

오후에 거리를 거닐다가 인부들이 공중에 매달려 유리창을 닦고 있는 모습을 보았습니다. 그들이 작업하고 있는 곳은 무려 12층이나 되는 높이였습니다.

하지만 인부들은 자칫 잘못하다가는 생명을 잃을 수도 있음에도 자신의 일에 열중하고 있었습니다. 이런 위험을 감수하면서 자신의 일에 최선을 다할 수 있는 것은, 자신의 직업을 소중하게 생각하기 때문일 것입니다.

미국의 16대 대통령 링컨은 보통사람처럼 평범하게 지내는 시간을 좋아했습니다.

그는 집무 시간이 지나면 자신의 구두를 손수 닦기도 하고, 손수건과 양말 등을 빨기도 했습니다.

어느 날 그의 이러한 모습을 보고 비서가 말했습니다.

"각하, 어찌 귀하신 분이 이런 천한 일을 손수 하십니까? 가정부에게 시키시지요."

그러나 링컨은 웃으며 이렇게 말할 뿐이었습니다.

"세상에는 천한 사람도 천한 일도 따로 없다네. 내가 이 나라의 대통령이라고 하더라도 내 일을 내가 하는 건데, 어째서 이런 일이 천하다고 할 수 있겠는가?"

링컨은 오히려 비서를 타일렀습니다.

링컨의 이러한 평등의식이 '노예해방'이라는 위대한 일을 할 수 있게 했습니다.

그의 정신은 오늘날 미국 국민에게 가장 위대한 시민정신으로 인식되고 있습니다.

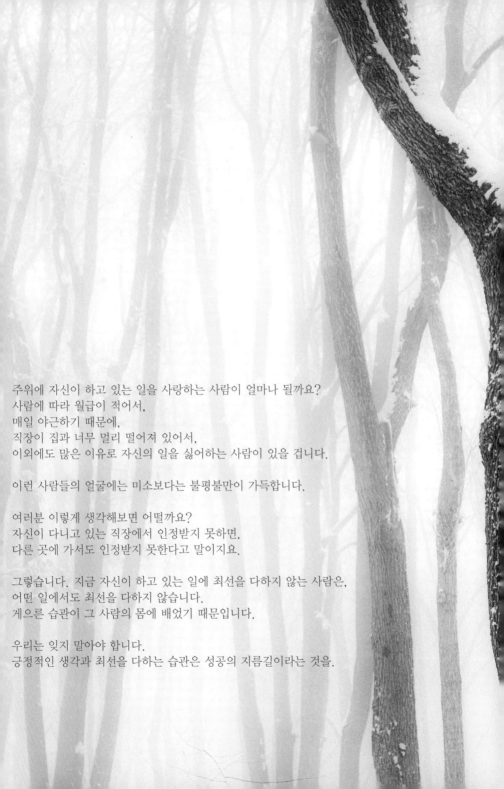

주위에 자신이 하고 있는 일을 사랑하는 사람이 얼마나 될까요?
사람에 따라 월급이 적어서,
매일 야근하기 때문에,
직장이 집과 너무 멀리 떨어져 있어서,
이외에도 많은 이유로 자신의 일을 싫어하는 사람이 있을 겁니다.

이런 사람들의 얼굴에는 미소보다는 불평불만이 가득합니다.

여러분 이렇게 생각해보면 어떨까요?
자신이 다니고 있는 직장에서 인정받지 못하면,
다른 곳에 가서도 인정받지 못한다고 말이지요.

그렇습니다. 지금 자신이 하고 있는 일에 최선을 다하지 않는 사람은,
어떤 일에서도 최선을 다하지 않습니다.
게으른 습관이 그 사람의 몸에 배었기 때문입니다.

우리는 잊지 말아야 합니다.
긍정적인 생각과 최선을 다하는 습관은 성공의 지름길이라는 것을.

오늘보다 더 나은 내일을 바란다면, 꼭 기억하세요!
긍정적인 생각으로 최선을 다해야 한다는 것을…

16

코코아 잔에 담긴 사랑

누가 가장 행복한 사람인가?
남의 장점을 존중해주고 남의 기쁨을 자신의 것인 양 기뻐하는 자다.
— 괴테

행복은 우리가 매 순간마다 들이마시는 공기와 같은 것입니다. 우리는 공기에 대해 관심을 갖지 않기에 공기가 있다는 것을 망각하며 살아갑니다.

행복도 그렇습니다. 행복은 우리와 너무나 가까이에 있습니다. 그동안 너무나 행복에 관심을 두지 않았기에 느낄 수 없었던 것입니다.

나폴레옹은 행복에 대해 이런 명언을 남겼습니다.

"행복을 사치한 생활 속에서 구하는 것은 마치 태양을 그림 속에 그려놓고 빛이 비치기를 기다리는 것이나 다름없다."

사람들은 행복을 재물이나 명예 같은 욕심 안에서 찾으려고 합니다. 그렇기에 자신과 가장 가까운 곳에 그림자처럼 따라다니는 행복을 발견할 수 없는 것입니다.

제2차 세계대전이 일어나자 미국의 많은 젊은이들에게 군대로부터 영장이 발부되었습니다.

영장을 받은 젊은이들은 큰 도시로 집결해 기차를 타고 훈련소로 갔습니다. 워싱턴의 기차 정거장에도 수백 명의 장정들이 몰려들었고, 시민들은 기차역에 나와서 그들의 편의를 도와주고 있었습니다.

그 시민들 가운데 다리를 절면서 뜨거운 코코아 잔을 쟁반에 받쳐 들고, 늦은 밤까지 봉사를 하는 한 사람이 있었습니다.

어떤 날에는 직접 코코아를 끓이기도 했습니다. 어느 병사 하나가 그 노인을 자세히 보니 그는 다름 아닌 루스벨트 대통령이었습니다.

그는 육체의 불편을 무릅쓰고 밤마다 기차 정거장에 나와 봉사를 했습니다.

루스벨트 대통령은 훈련소로 떠나는 청년들에게 뜨거운 코코아를 나르는 봉사를 했던 것이었습니다.

진정한 행복은,
어린아이의 심정으로 장애인의 바구니에 동전을 넣을 때 비로소 느낄 수 있습니다.
남에게 받기보다 먼저 자신의 것을 내어줄 때 얻을 수 있는 것입니다.

그 어떤 대가도 바라지 않고 누군가에게 자신의 따뜻한 마음 한 조각을 내미는 마음.
이런 마음을 가지고 있다면 행복은 여러분의 것입니다.

3장_ 행복의 미법은 끝이 없디

4

열정

제대로 실패해본 사람은
기회를 놓치지 않는다

01

쉼표 하나의 실수

사람을 강하게 만드는 것은 사람이 하는 일이 아니라,
하고자 하는 사람의 노력에 달려 있다.
—헤밍웨이

다음 이야기는 안톤 체호프가 작가생활과 함께 의사생활을 하고 있을 때의 일화입니다.

어느 날, 체호프는 환자를 돌보기 위해 환자의 집으로 찾아갔습니다. 그는 성심껏 환자를 진찰한 뒤 복용할 약과 병을 다스릴 수 있는 치료법을 처방전에 써서 환자의 가족에게 건넸습니다.

진료를 마치고 마차에 올라 집으로 돌아오던 중 체호프가 갑자기 마부에게 소리쳤습니다.

"이보게, 아까 그 환자의 집으로 나를 다시 데려다주게. 내가 처방전을 잘못 써 줬다네."

체호프의 다급한 목소리에 마부는 서둘러 말 머리를 돌렸습니다.

"내가 금방 다시 나올 테니 잠깐만 기다리게나."

그는 자신의 말처럼 5분도 안 되어 환자의 집에서 나왔습니다.
체호프가 마차에 오르고 다시 말이 출발하자 마부가 체호프에게
물었습니다.

"선생님, 환자한테 내린 처방전이 잘못되었나요? 그래서 이렇게
다급하게 다시 이곳으로 오신 겁니까?"

그런데 마부의 진지한 물음에 체호프는 껄껄 웃으며 이렇게 대답했습
니다.

"다른 사람들에게는 몰라도 나에게는 매우 중대한 실수였소."

마부가 이해를 못하겠다는 표정을 짓자 체호프는 말을 이었습니다.

"글쎄, 내가 적은 처방전에 마침표 하나를 엉뚱한 곳에 잘못 찍고

말았지 뭐요."

마부는 놀란 눈으로 물었습니다.

"그럼 잘못 찍은 마침표 하나를 고치려고 그렇게 급하게 환자 집
에 갔단 말입니까?"

"환자한테야 큰 지장이 없었겠지만 나한테는 그 실수가 매우 중
요한 일이었소. 만약 틀린 줄 알면서도 그냥 돌아갔다면, 아무 일도
못하고 있다가 결국엔 다시 그 환자 집으로 가서 수정해주고 돌아왔
을 거요."

매사에 완벽하기로 소문이 자자했던 안톤 체호프. 그는 소설《흑
의의 사제》,《귀여운 여인》,《골짜기에서》 등으로 많은 사람들의 가슴
속에 희망을 가득 심어주었습니다.

겉으로 드러나지 않더라도 우리는 자신에게 주어진 일에 최선을 다해야 합니다.
오히려 눈에 보이는 부분보다 보이지 않는 부분에 더욱 신경을 써야 합니다.
살다 보면 재난은 아주 작은 것, 하찮게 여긴 것으로부터 생겨나기 때문입니다.

자기 자신에게 철저한 사람은 결코 남에게도 피해를 주는 법이 없습니다.
또, 이런 사람은 가장 절망적인 상황에서도 어떻게든 일어서겠다는
간절한 소망을 가지고 자신을 믿습니다.

여러분, 지금 자신이 아무것도 가진 것이 없다면서 절망에 빠져 있지는 않습니까?
그렇다면 '무엇을 하고 싶다'는 강렬한 소망을 하나쯤 가져보는 것은 어떨까요?
그러면 이내 절망 사이로 희망이 솟아오를 것입니다.

세상에 아무 것도 가진 게 없는 사람은 없습니다.
원하는 것을 얻게 하는 마법 '희망'이 있습니다.
절망이 찾아온다면 희망을 떠올려보세요.

목표는 인생의 등대

행복은 입맞춤과 같다.
행복을 얻기 위해서는 누군가에게 행복을 주어야만 한다.
– 디어도어 루빈

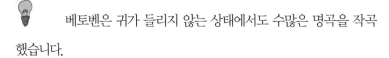 베토벤은 귀가 들리지 않는 상태에서도 수많은 명곡을 작곡했습니다.

《실락원》을 쓴 영국 최대의 시인 존 밀턴은 장님이었습니다.

그러나 이 두 사람의 진지한 공상은 훌륭한 예술로 승화되어 그 이름들은 지금까지 잊히지 않고 있습니다.

오 헨리는 오하이오 주에 있는 감옥에 수감 중일 때 비로소 자신에게 잠재해 있는 천재적인 재능을 깨달았습니다. 그리하여 비참한 범죄자로 일생을 끝내지 않고 위대한 작가로서 또 하나의 생애를 견고하게 구축했습니다.

찰스 디킨스는 상표를 붙이는 가난한 기능공이었습니다.

하지만 쓰라린 실연을 경험함으로써 세계적인 작가가 될 수 있었습니다.

마르코니는 눈에 보이지 않는 전파의 힘을 이용하는 것이 꿈이었습니다. 그러한 꿈이 오늘의 라디오와 TV를 탄생시킨 것입니다.

그러나 마르코니가 전선을 사용하지 않고 공중에 전파를 띄워 통신할 수 있다는 이론을 처음 발표했을 때, 친구들은 그를 정신병원으로 데리고 갔습니다.

헬렌 켈러는 어렸을 때 큰 병을 앓고 난 뒤 시각, 청각, 언어 장애라는 삼중고를 겪어야 했습니다.

이러한 불행에도 그녀는 역사의 한 페이지에 위대한 인물로 기록되었습니다.

그녀는 생애를 통해 "패배를 인정하지 않는 한 누구에게도 패배는 있을 수 없다."라는 말을 실증한 사람입니다.

어렸을 때 이런 놀이를 해본 기억이 있을 겁니다.

친구들과 놀이를 하기 위해 운동장에 주전자에 담긴 물로 줄을 긋습니다.
그때 바로 눈앞을 보며 물을 부어나갈 때는 줄이 삐뚤어집니다.

그러나 먼 곳을 바라보며 물을 부어나가면 줄은 곧게 그려집니다.

목표도 똑같습니다.
멀리 보며 나아갈 때 목표를 향한 마음이 흔들리지 않습니다.
뚜렷한 목표가 자신을 이끌어주기 때문입니다.

방향을 잃은 배는 등대의 불빛을 보며 항구로 무사히 귀환할 수 있습니다.
사람에게 있어 목표는 등대와 같습니다.

여러분들 중에 삶이 깜깜하게 생각되는 분이 있습니까?
그렇다면 마음속에 목표를 그려보십시오.
그 목표가 여러분의 마음을 환히 밝혀줄 것입니다.

목표는 깜깜한 밤바다의 등대와 같습니다.
당신은 힘든 현실에서 방향을 잃지 않도록 비춰주는 목표가 있습니까?

03

신이 주신 임무

행복의 원칙은 첫째 어떤 일을 할 것, 둘째 어떤 사람을 사랑할 것,
셋째 어떤 일에 희망을 가질 것이다.
– 칸트

세계적인 과학자 파스퇴르는 프랑스의 쥐라 현에서 출생했습니다. 그는 파리의 에콜 노르말에서 물리와 화학을 공부했고, 생물학 등 다방면에서 뛰어난 재능을 보인 학자였습니다.

그는 젖산균과 호모 균에 의한 발효를 밝혀냈고, 포도주가 산패하는 것을 막기 위해 저온살균법을 고안해냈습니다. 이로써 프랑스의 포도주 제조 기술을 세계적인 수준으로 끌어올리는 데 큰 공헌을 했습니다.

그는 여러 분야에서 많은 업적을 쌓아 프랑스 정부에서 세운 〈파스퇴르연구소〉의 소장까지 지냈습니다.

하지만 그 업적에 비해 생활은 언제나 가난했습니다.

하루는 제자가 그의 집을 방문했습니다. 파스퇴르는 그를 반갑게 맞았습니다. 제자는 슬쩍 집 안을 훑어보고는 민망한 표정을 지으며 파스퇴르에게 물었습니다.

"선생님, 선생님께선 지금까지 연구하고 밝혀낸 업적만으로도 많은 돈을 벌 수 있으십니다. 그런데 왜 그러한 귀중한 연구 결과로 돈을 벌 생각을 안 하십니까? 선생님, 그동안 연구하시느라 얼마나 고생이 많으셨습니까? 그 돈은 그에 대한 당연한 보상입니다."

그러자 파스퇴르는 웃으며 이렇게 대답했습니다.

"자네는 처음에 돈을 벌기 위해 과학자가 되었나? 분명 아닐 걸세. 발견하는 기쁨, 진리에 좀 더 가까이 다가서는 것에 흥미를 느껴서일 걸세. 내가 돈을 벌려고 마음먹었다면 특허권을 얻어 막대한 부를 쌓을 수도 있었겠지. 하지만 대신 나는 돈에만 정신이 팔려 그 많은 연구들을 해내지 못했을 걸세. 오직 학문을 위해서 연구했기에 여기까지 올 수 있었고 앞으로도 마찬가지일 걸세. 신이 내게 준 임무는 세계 인류의 구원과 행복을 위해 지금처럼 이렇게 연구에 매진하라는 것이네."

파스퇴르는 평생 자신의 연구 결과를 사회에 돌려주고 난 뒤 정작 자신은 가난하게 살았습니다.

하지만 그는 부(富)를 포기한 대신에 인류에게 생명이 된 가치 있는 많은 연구를 할 수 있었습니다.

자신이 좋아하는 일에 열정을 쏟을 수 있는 사람은 행복한 사람입니다. 자신이 좋아하는 일을 하면서 느끼는 성취감이 바로 행복이기 때문입니다.

많은 사람들이 자신은 불행한 사람이라고 말합니다.

하지만 그들은 자신과 가장 가까운 곳에 행복이 그림자처럼 있다는 것을 모르고 있습니다.

나폴레옹이 말했습니다.

"행복을 사치한 생활 속에서 구하는 것은, 마치 태양을 그림 속에 그려놓고 빛이 비치기를 기다리는 것이나 다름없다."

4장_ 제대로 실패해본 사람은 기회를 놓치지 않는다

돈으로 행복을 얻으려는 사람이 있습니다.
이들은 천으로 만든 조화에 코를 대고 향기를 맡는 사람과 같습니다.
행복은 욕심을 버리고 가난한 마음으로
자신이 좋아하는 일을 할 때 느낄 수 있습니다.

마음속의 작은 상자

행복은 우리 자신에게 달려있다.
- 아리스토텔레스

일본의 오사카 고등법원의 형사부 총괄 판사였던 오카모도 겐. 그는 1987년에 36년 동안이나 재직했던 판사직에서 퇴임했습니다.

오카모도 겐은 큰 사건들을 맡아 처리해 오던 유명한 판사였습니다. 그런 그가 정년퇴임까지 5년이 더 남았는데도 일을 그만두자, 사람들은 모두 그가 변호사 개업을 할 거라고 생각했습니다.

그러나 그는 전혀 엉뚱한 곳을 찾아갔습니다. 바로 집 근처에 있는 요리학원이었습니다.

그는 요리사 자격증을 따서 음식점을 내겠다는 각오로 예순이 다 된 나이에도 하루도 빼먹지 않고 요리학원엘 나갔습니다. 그는 손자

뺄 되는 젊은이들과 함께 칼 쓰는 법과 양념을 만드는 법, 야채를 써
는 방법부터 배우기 시작했습니다.

그리고 마침내 1년 만에 요리사 자격증을 땄습니다. 그는 곧 자신
이 일하던 법원 앞에 두 평 남짓한 간이음식점을 차렸습니다.

유명한 판사였던 그를 알아보는 손님들이 많았습니다. 사람들은
모두 그가 판사직을 그만두고 음식점을 낸 것을 궁금해하거나 이상하
게 생각했습니다.

그럴 때마다 그는 이렇게 말했습니다.

"재판관이 되어 사람들에게 유죄를 선언할 때마다 가슴이 아팠
습니다. 나는 그 일을 36년이나 해 왔던 것이지요. 재판관은 사람들에
게 기쁨을 줄 수는 없습니다. 그래서 나는 식당 주방장이 되더라도 남
에게 기쁨을 줄 수 있다면 행복할 것만 같았습니다."

그는 남의 죄를 정하고 그들에게 벌을 주는 일이 싫어서 여생은
사람들을 기쁘게 하며 살고 싶었습니다. 그리고 그는 지금 자신이 하
고 있는 일로 인해 무척 행복하다고 생각했습니다.

그의 작은 음식점 이름은 〈친구〉입니다.

그 이름 속에는 그의 음식점을 찾는 사람들뿐만 아니라, 모든 사
람들과 친구처럼 지내고 싶은 그의 오랜 소원이 담겨 있었습니다.

사람들은 정작 자신이 행복해야 다른 사람에까지 행복을 전해줄 수 있다고 생각합니다.
하지만 조금만 다르게 생각하면 남을 기쁘게 해줌으로써
자신도 함께 행복할 수 있다는 것을 알 수 있습니다.

우리의 마음속에는 작은 상자가 있습니다.
그 안에는 기쁨과 행복, 슬픔이 함께 들어 있습니다.

하지만 사람들은 작은 상자 안에서 기쁨과 행복을 꺼내려고 하지 않습니다.
대신 슬픔을 꺼내는 데 익숙해져 있습니다.

여러분, 생각만 바꾼다면 얼마든지 행복해질 수 있습니다.
비록 내가 처해 있는 현실이 암울하더라도 마음만은 누구 못지않게 풍요로울 수 있습니다.

우리의 마음은 기쁨과 행복, 슬픔과 희망이 들어 있는 상자와 같습니다.
당신은 주로 어떤 것을 꺼냅니까?

05

농부화가 '밀레'

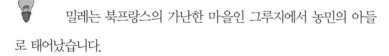

만물은 성스러운 사랑에 의해 움직여진다.
― 단테

밀레는 북프랑스의 가난한 마을인 그루지에서 농민의 아들로 태어났습니다.

밀레는 아버지의 땅을 물려받아 농사를 짓고 살면서 틈틈이 시간이 나면 그림을 그렸습니다. 해 저물 무렵이면 밀레는 어김없이 바람이 부는 언덕으로 올라가 하얀 도화지를 펼치고 붓을 들었습니다.

그렇게 그림 그리기에 전념하다 보면 어느새 세상은 붉게 물들었습니다. 그의 눈에는 언덕 밑으로 드넓게 펼쳐진 농토에서 벼 짚단이 가득한 수레를 끄는 소와 그 소를 모는 농부의 여유로운 모습, 그리고 머리에 수건을 두르고 호미질하는 아낙네들의 모습이 보였습니다.

그리고 저 멀리서는 바가지를 들고 떨어진 이삭을 줍는 할머니와 철부지 아이들의 모습도 보였습니다.

밀레는 매우 가난했지만, 전원에 펼쳐진 농민들의 삶의 이야기를 그림으로 담아내는 것을 가장 큰 삶의 행복으로 여기며 살고 있었습니다.

밀레의 가족은 땔감을 살 돈이 없어 밀레의 작품을 땔감으로 대신 사용할 정도로 무척 가난했습니다.

그러던 어느 날이었습니다.

한 친구가 돈이 많은 부자를 데리고 밀레의 집으로 왔습니다. 그 부자는 밀레의 그림을 보고 나서 감탄했습니다.

하지만 그 부자는 농부를 주제로 한 그림을 못마땅해했습니다.

"농부의 삶을 그리는 것은 부자들에 대한 반감의 표시라 좋아하는 사람이 없을 것이네. 만약 자네가 아름다운 여인의 나체를 그린다면 자네가 그린 모든 그림을 내가 사겠네. 자네 생각은 어떤가?"

부자는 그에게 매우 유혹적인 제안을 했습니다.

하지만 밀레는 아무 망설임 없이 이렇게 말했습니다.

"예술에는 미움이나 원망을 담을 수 없습니다. 진정한 예술은 오직 사랑하는 마음에서만 우러나옵니다. 제가 전원의 그림을 고집하는

이유는 오직 그들을 통해서만이 진실을 볼 수 있고 사랑하는 마음이
생기기 때문입니다."

가난한 사람들의 사랑이 부자들의 사랑보다 더 진실한 면이 있습니다.
우리가 보는 영화나 드라마 속에 나오는 주인공들 중 대다수가
힘든 현실을 살아가고 있는 사람들입니다.

우리는 가난한 주인공에게 더 큰 사랑을 느낄 수 있습니다.
단지 가난하고 힘들다는 이유만으로 느끼는 연민은 아닐 겁니다.
힘든 현실을 견뎌내면서 이루어가는 사랑 속에 진실함이 담겨 있기 때문입니다.

하지만 그렇다고 해서 꼭 부유한 사람보다 가난한 사람이 더 진실하다는 말은 아닙니다.
그렇지 않은 사람들도 많기 때문입니다.

06

우연히 날아온 한 장의 종이

한 해의 가장 큰 행복은 한 해의 마지막에서
그해의 처음보다 훨씬 나아진 자신을 느낄 때온다.
— 톨스토이

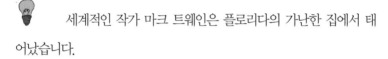

　　세계적인 작가 마크 트웨인은 플로리다의 가난한 집에서 태어났습니다.

　　그는 열두 살 때 아버지를 여의고, 어려운 집안 살림을 돕기 위해 인쇄소에서 일했습니다. 그는 일을 하면서도 틈틈이 책을 읽곤 했습니다.

　　어느 날 길을 걷고 있던 그에게 우연히 종이 한 장이 날아왔습니다.

　　그것은 유명한 책《잔다르크전》의 일부였습니다.

　　이 종이 한 장은 그에게 큰 호기심을 불러일으켜 잔다르크에 관한 책을 닥치는 대로 읽게 만들었습니다.

　마침내 그는 《잔다르크의 회상》이라는 책을 쓰기에 이르렀습니다. 이로써 인쇄공 마크 트웨인은 작가 마크 트웨인으로 거듭나게 되었습니다.

　우연히 날아온 종이 한 장, 책의 낱장이 세계적인 작가를 만들었던 것입니다.

우리가 살아가는 삶 속에는 수많은 행복이 감추어져 있습니다.

오솔길 같은 작은 행복도 있고, 무지개 같은 커다란 행복도 있습니다.

그러나 이런 행복들은 자신이 좋아하는 일에 최선을 다할 때 비로소 얻을 수 있습니다.
또, 행복은 자신이 좋아하는 일을 하는 과정에서 생겨납니다.

행복은 한 권의 책을 읽으면서도 느낄 수 있습니다.
그동안 보고 싶었던 친구와 함께 저녁을 먹음으로써 느낄 수도 있고요.

여러분, 불행하다는 말 대신 행복하다고 말해보십시오.

"아, 나는 행복하다!"

이렇게 말하는 동안 어느새 자신이 행복한 사람으로 바뀌어 있을 테니까요.

불행하다는 말 대신 행복하다는 말을 해보세요.
나는 하루에도 수십 번 "나는 행복해!"라고 말합니다.

07

정직은 인생의 다이아몬드

아무도 사랑하는 것을 가르쳐주는 사람은 없다.
사랑이란 우리의 생명과 같이 날 때부터 가지고 태어나는 것이다.
– F. M. 뮐러

1963년 11월 22일 오후 1시 40분경, 미국의 CBS 방송 뉴스에서 월터 크롱카이트가 떨리는 목소리로 이렇게 말했습니다.

"케네디 대통령이 저격당했습니다……."

이 보도는 ABC보다 2분, NBC보다는 무려 5분이나 빠른 보도였습니다.

그가 상기된 목소리로 이 역사적인 순간을 가장 빨리 보도하게 되었던 것은, 절대 우연이 아니었습니다.

그 당시 CBS 뉴스 담당 직원들은 거의 모두 점심식사를 위해 외출 중이었으나, 크롱카이트는 항상 점심을 데스크에서 파인애플과 치즈 몇 조각으로 끝냈기 때문이었습니다. 그는 한 국가가 신뢰를 받으려면 언론이 정직해야 하고, 언론이 정직하려면 언론인이 성실해야 한다고 생각하는 사람이었습니다.

스스로를 '뉴스의 제공자이자 사실의 전달자'라고 소개했던 그는, 미국 방송사상 가장 성공한 방송인이었습니다. 그는 1982년 3월 은퇴할 때까지 19년 동안 CBS의 이브닝 뉴스를 맡아 진행했습니다.

그는 차분하고 정확하게, 크고 작은 소식들을 미국 국민에게 친절한 모습으로 전해주었습니다.

크롱카이트가 앵커맨으로 인기와 신뢰를 얻을 수 있었던 것은 무엇보다 정직만이 최선이라는 나름대로의 고집을 가지고 있었기 때문이었습니다. 그는 절대로 소문에 현혹되지 않았으며, 자신이 체험한 것만이 뉴스가 될 수 있다는 자부심을 가지며 방송인으로서의 긍지를 지켰습니다.

그는 미국에서 가장 신뢰받는 인물로 방송인으로서는 유일하게 다년간 선정되기도 했습니다.

그는 고별회견에서 다음과 같이 그의 신념을 밝혔습니다.

"저는 언론 매체를 정직하게 유지하는 데 힘써 왔습니다. 제가 어떤 이유에서든지 오래 기억된다면 그것은 바로 그 정직성 때문이라고 생각합니다."

정직한 사람은 스스로 다른 사람들에게 신뢰를 쌓는 사람입니다.
인생을 살아감에 있어서 정직함은 큰 재산이 됩니다.

우리는 하루에도 수많은 사람들을 만나 대화하며 살아갑니다.
단 한 사람도 만나지 않고 살아가는 사람은 세상에 없을 겁니다.
때문에 사람과 사람 사이에서 가장 중요한 것은 남을 속이지 않는 정직함입니다.

보는 이가 없다고 해도 일을 대충 처리하지 않는 정직함.
이런 마음은 자신을 보석처럼 빛나게 해줍니다.
여러분, 꿈이 있다면 그 꿈을 향해 정직함과 성실함을 갖고 걸어가십시오.
그런다면 반드시 그 꿈은 현실이 될 것입니다.

신뢰는 사람을 얻게 하는 자산입니다.
신뢰가 없는 사람은 실패하는 삶을 살아가게 됩니다.
당신은 주위 사람들로부터 신뢰를 받고 있습니까?

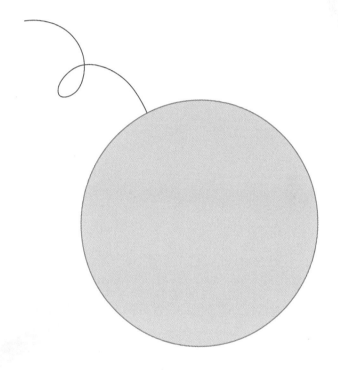

4장_ 제대로 실패해본 사람은 기회를 놓치지 않는다

08

결단력의 결여는 실패의 최대 원인

행복은 훌륭한 선생이다.
하지만 역경은 그보다 더 훌륭한 선생이다
— 윌리엄 헤즐릿

 결단력은 그 자체가 매우 강대한 위력을 발휘하는 것이다.

결단력의 결여는 실패의 최대 원인이다.
누구나 의견을 가지고 있으나
당신의 일생은 당신의 의견으로 결정해야 한다.

우유부단한 습성은 아이 적부터 몸에 배어버리는 일이 많은데
어떻게 하면 그것을 제거할 수 있는 것일까?
아니면 거기에서 사람들을 멀리 떼어 놓을 수는 없을까?

신속히 명확한 결단을 내리는 사람은

자신이 무엇을 바라고 있는지를 잘 알고 있는 사람이다.

그리고 그 바람을 달성하기 위한 용기를 갖추고 있는 사람이다.

세상은 자신이 바라고 있는 것을 잘 알고 있으면서

그것을 행해 행동하는 사람들에게만 항상 기회를 준다.

이 시는 성공학의 거장 '나폴리언 힐'이 쓴 시입니다.

살아가는 데 있어 중요한 순간에 결단을 요구하는 일이 많습니다.
어떤 한 가지를 선택하는 일은 두려움을 고통을 수반합니다.
자칫 잘못 선택했다가는 자신에게 큰 피해가 돌아오기 때문입니다.

이러한 이유로 인해 사람들은 중요한 순간에 쉽게 결단을 내리지 못합니다.
긴박한 순간에 우유부단함으로 인해 더 큰 손해를 보는 경우도 종종 있습니다.

나폴리언 힐은 결단력의 결여가 실패의 최대 원인이라고 했습니다.
쉽게 말하면 결단력의 결여는 결단할 수 있는 기회를 놓아버린 것과 같다는 뜻입니다.

문제의 핵심을 잘 알고 있는 사람은 신속하게 결단을 내릴 수 있습니다.
결단을 내리기에 앞서 무엇이 중요한지 잘 알기 때문입니다.

09

우아한 영혼은 아름답다

행복에서 행복을 회상하는 것보다 더 큰 독성은 없다.
— 앙드레 지드

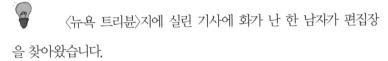 〈뉴욕 트리뷴〉지에 실린 기사에 화가 난 한 남자가 편집장을 찾아왔습니다.

남자는 머리를 숙이고 무엇인가 열심히 쓰고 있는 호리스 그릴리에게 안내되었습니다.

화가 난 남자는 당신이 그릴리 편집장이냐고 물었습니다.

"그렇습니다. 무슨 일이십니까?"

편집장은 종이에서 눈을 떼지 않고 재빨리 대답했습니다.

그러자 화가 난 남자는 염치, 체면을 모두 내던지고 그릴리에게

255

마구 욕을 퍼붓기 시작했습니다.

그동안 편집장은 계속 글을 썼습니다.

얼굴 표정 하나 변하지 않고, 욕을 하는 사람에게 전혀 관심을 두지 않고, 맹렬한 속도로 페이지를 넘겨가며 계속 글을 썼습니다.

마침내 온갖 욕설이 난무하던 20분이 지나자, 화를 내던 남자는 넌더리가 났는지 사무실을 걸어 나가기 시작했습니다.

그러자 그릴리는 처음으로 고개를 들고, 의자에서 벌떡 일어나 남자의 어깨를 잡았습니다.

그러고는 유쾌한 어조로 말했습니다.

"가지 마십시오, 선생님. 앉으세요. 앉아서 툭 터놓고 말씀하세요. 그러면 기분이 좋아지실 겁니다. 게다가 제가 앞으로 쓸 기사에도 도움이 될 겁니다."

칼라일은 이렇게 말했습니다.

"쾌활함은 놀랄 만큼 강한 힘을 가지고 있다. 그것의 인내력은 한계를 뛰어넘는다. 노력 또한 유쾌할 때만 유용할 수 있다. 기쁨 때문에 밝고 우아한 영혼은 아름답다."

그렇습니다.
쾌활함은 어떤 사람이든지 기분을 좋게 만들어주는 힘을 지니고 있습니다.
먼저 밝은 미소로 말하는 사람에게 불쾌한 말을 건넬 사람은 없을 겁니다.
반가운 표정으로 말하는 사람은 상대방의 마음까지 기쁘게 해줍니다.

활짝 웃는 사람의 얼굴을 보면 저절로 유쾌해집니다.

그러나 슬픈 얼굴을 한 사람과 함께 있다 보면
어느새 자신마저 어두운 얼굴을 하고 있음을 알 수 있습니다.

일이 뜻대로 되지 않아도 밝은 표정을 짓도록 노력해보세요.
그러면 자신뿐만 아니라 주변 사람들의 표정까지 꽃처럼 아름답게 변합니다.

4장_ 제대로 실패해본 사람은 기회를 놓치지 않는다

활짝 웃는 사람은 자신은 물론 주위 사람들까지 기분 좋게 만듭니다.
당신은 자주 얼굴을 찌푸리는 사람입니까? 밝은 표정을 짓는 사람입니까?

10

아름다운 신념

사랑 없이 사는 것은 정말로 사는 것이 아니다.
– 몰리에르

 스기하라 지우네는 어려서부터 외교관이 되는 것이 꿈이었습니다.

외교관으로서 일본을 대표해 일본을 널리 알리고 싶었던 그는, 일본대사로 러시아에 가서 근무하는 것을 원했습니다.

1930년대 후반, 마침내 그의 오랜 소망이 이루어져 그는 러시아의 서쪽에 있는 리투아니아에서 근무하게 되었습니다.

하루는 그가 아침에 일어나보니, 자기 집인 공관 앞에 많은 사람들이 장사진을 치고 있었습니다.

큰일이라도 난 줄 알고 밖으로 뛰어나간 그가 마주한 것은 유대인들이었습니다. 독일의 비밀경찰을 피해 폴란드의 거친 지형을 헤치고 결사적으로 도망쳐 나왔던 것이었습니다.

유대인들은 독일의 비밀경찰 게슈타포의 무서운 손길을 벗어나고자, 이른 아침부터 그곳에서 스기하라를 기다린 것이었습니다. 일본의 비자를 받으면 독일의 지배를 받고 있는 유럽을 탈출할 수 있기 때문이었습니다.

스기하라는 즉시 본국에 전보를 쳤습니다. 그는 유대인들에게 비자를 발행할 수 있도록 허락해달라고 세 번이나 전보를 쳤습니다.

그러나 동경에서 날아오는 대답은 세 번 모두 안 된다는 것이었습니다. 그의 눈앞에 두 가지 풍경이 그려졌습니다. 외교관으로서 풍요로운 삶을 살고 있는 자신의 모습과 유대인들이 독일군에 끌려가 비참하게 살아가는 모습이었습니다.

하룻밤을 꼬박 세운 그는, 다음 날 아침 일찍 대사관 문을 활짝 열었습니다.

그리고 그날부터 28일 동안 밤낮으로 손수 비자를 쓰고 도장을 찍었습니다. 이렇게 하여 그는 유대인 6천 명의 목숨을 구할 수 있었습니다.

그는 그 뒤 본국으로 송환되어 외교관 지위를 박탈당하고, 평생 전구를 팔면서 소박하고 가난하게 살아야 했습니다.

벌에게 아무런 바람 없이 자신을 내어주는 꽃은 아름답습니다.
그리고 꽃의 향기는 우리의 마음을 기쁘게 해줍니다.
이처럼 꽃이 우리에게 감동을 줄 수 있는 것은
꽃의 내어줌에 남을 위한 배려가 담겨 있기 때문입니다.

사람들은 이 세상에 선한 사람보다 악한 사람들이 더 많다고 말합니다.
하지만 이 세상에도 꽃같이 아름다운 사람들이 참 많습니다.
단지 우리 눈에 그런 사람들이 띄지 않았을 뿐입니다.

여러분, 가끔 마음을 비우고 자신을 한번 돌아보십시오.
살아오면서 누군가를 위해 길가의 휴지조각 하나 주운 적이 있었는지,
누군가에게 자신의 것을 선뜻 내주었던 적이 있었는지······.

4장_ 제대로 실패해본 사람은 기회를 놓치지 않는다

당신은 꽃보다 더 아름답습니다.
더 향기롭습니다.
당신에게 있는 아름다움과 향기를 사람들에게 나눠주세요.
당신에게는 어떤 아름다움과 향기가 있나요?

도전하는 정신

 미국과 캐나다의 국경 사이에는 나이아가라폭포가 있습니다.

이 폭포는 높이 48미터, 너비 900미터에 이르는, 말 그대로 거대한 폭포입니다. 사람들은 이 거대한 폭포 위에 구름다리를 놓으면 좋겠다고 생각했습니다.

하지만 너무도 위험하고 어려운 일이어서 좀처럼 엄두를 낼 수 없었습니다. 많은 사람들이 다리를 놓기 위해 시도해보았지만, 모두들 손을 들고 말았습니다.

그러던 중 어떤 사람이 다리를 놓는 일에 도전하기 시작했습니다. 그는 여태껏 앞서 했던 사람들과는 다른 방법을 택했습니다.

먼저 연을 날려 이쪽에서 저쪽으로 연줄을 연결했습니다. 그런 다음 연줄에 코일을 매달아 잡아당겼습니다. 그 다음에는 코일에 철사를 매달아 잡아당겼습니다. 철사가 설치되자 이번에는 밧줄을 매달아 당겼고, 마지막으로 밧줄에 쇠줄을 매달아 당겼습니다.

이렇게 해서 만들어진 쇠줄을 타고 그는 구름다리를 놓기 시작했습니다.

그는 많은 사람들이 실패했음에도, 마침내 사람들이 꿈꾸었던 일을 이루어내었던 것입니다.

그렇게 해서 나이아가라폭포 위에 구름다리가 놓이게 되었습니다.

사람은 자신의 능력 중에서 10%도 쓰지 못한 채 생을 마감한다고 합니다.
근원적인 이유는 바로 두려움 때문이라는 것입니다.
다시 말하면 어떤 일을 하기에 앞서 성공보다는 실패에 대한 두려움부터 느낀다는 말입니다.

두려움은 마음을 좀먹는 암적인 존재입니다.
이 두려움은 많은 사람들을 가난과 질병에서 헤어 나오지 못하게 하는 늪이기도 합니다.
어떤 일이든지 두려움을 극복하지 못한다면, 분명 자신의 능력을 모두 발휘하지 못할 것입니다.

자신의 능력을 제대로 발휘하기 위해서는 두려움을 극복해야 합니다.

여러분, 지금 하고 있는 일에 시련이 닥쳤다면 생각해보십시오.
그 시련이 실패에 대한 두려움에서 오는 고통은 아닌지……

4장_ 제대로 실패해본 사람은 기회를 놓치지 않는다

12

외로움이 탄생시킨 E.T

우리의 최대의 영광은 한 번도 실패하지 않는 것이 아니라,
실패할 때마다 일어서는 데 있다.
- 공자

 할리우드에는 명감독 스티븐 스필버그가 있습니다.

그는 유대인이라는 이유 때문에 소외되고 외로운 어린 시절을 보
내야 했습니다. 그런 이유에서 특히 크리스마스 때가 돌아오면 소년
스필버그의 외로움은 더욱 컸습니다.

그의 집은 화려하게 불이 밝혀진 다른 집들 때문에 더욱 쓸쓸하
고 초라하게 느껴졌기 때문이었습니다.

그의 아버지는 스필버그에게 유대인임을 자랑스럽게 여겨야 한다
고 말했습니다.

하지만 그는 남과 다른 자신의 처지 때문에 더욱 깊은 외로움에

빠져들었습니다.

그러나 외로움이 커질수록 그는 그것을 이겨내기 위해 자신의 마음속에서 수많은 상상의 친구들을 만들어냈습니다.

꿈과 사랑, 환상과 동화에 관한 상상들이었습니다.

훗날 스필버그는 영화 〈E.T〉와 〈쥬라기 공원〉을 만들어 그 상상 속의 친구들과 꿈을 세상에 펼쳐놓았습니다.

가난하고 암울했던 어린 시절이 지금의 스필버그를 있게 한 힘이 었습니다.

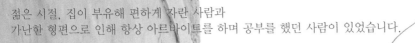

젊은 시절, 집이 부유해 편하게 자란 사람과
가난한 형편으로 인해 항상 아르바이트를 하며 공부를 했던 사람이 있었습니다.

가진 재산이 넉넉한 집에서 자란 사람은 매일 무엇을 하며 보낼까
고민하는 게 일과였습니다.
그는 자신의 노동으로 돈을 벌어본 적도 없었습니다.
매일 부모님이 거액의 용돈을 주었기 때문입니다.

그는 공부는 뒷전이고 여자들과 술에 빠져 살았습니다.
그러다 결국 마약까지 하게 되었습니다.
점점 마약의 중독에 빠져들었습니다.
그즈음 아버지가 운영하던 회사가 부도를 맞고 말았습니다.

그는 젊은 시절의 호화스런 생활을 버리지 못하고
시련을 이기지 못한 채 끝내 감옥까지 가는 신세가 되고 말았습니다.

이와 반대로 한 사람은 가난한 형편에도 혼자 힘으로 공부를 했습니다.

낮에는 회사에서 일했고, 밤에는 야간대학을 다녔습니다.
그는 성실하게 일해 조금씩 돈을 저축하면서 대학을 마쳤습니다.
그리고 가난한 현실 속에서도 꿈을 잃지 않았습니다.
오히려 가난을 벗어버리고자 더욱더 노력했습니다.

지금 그 사람은 중소기업의 사장이 되었습니다.
그리고 그는 가난한 학생들에게 장학금을 주며
좋은 일을 하고 있습니다.

언젠가 그 중소기업 사장이 이런 말을 했습니다.

"나에게 가난은 지혜와 삶의 의미를 주었고,
다른 사람을 이해할 수 있는 마음의 눈을 뜨게 해주었습니다."

가난은 축복입니다.
이제부터는 부자로 살겠다는 욕망과 함께 큰 꿈을 꾸게 합니다.
당신이 꾸고 있는 꿈은 무엇입니까?

_____

_____

_____

_____

_____

_____

_____

_____

13

당당하게 걸어가세요

실패란 성공이란 진로를 알려주는 나침판이다.
- 데니스 웝트리

💡 　살아가다 보면 종종 시련에 부닥칠 때도 있습니다. 부정적인 사람들은 장애물이 가로놓일 때 쉽게 절망에 빠지게 됩니다.

그러나 긍정적인 사람들은 그 시련을 고통으로 생각하지 않습니다. 시련을 고통으로 생각하면 좌절하기 쉽기 때문입니다.

나폴레옹이 황제로 등극한 날은 1804년 12월 2일이었습니다.

그날 몽주가 교장으로 있는 에콜 폴리테크니크 학생들은 동맹휴학으로 황제가 된 나폴레옹에게 저항했습니다. 마침내 유럽을 지배하게 된 나폴레옹은, 잔뜩 화가 나서 이 학교의 교장 몽주를 불러 크게 질책했습니다.

그때 몽주는 이렇게 말했습니다.

"황제 폐하! 이때까지 학생들을 공화주의자로 돌려놓는 데 많은 시간이 걸렸습니다. 이제 그들을 다시 제국주의자로 되돌려놓는 데도 다소 시간이 걸릴 수밖에 없습니다. 그런데 폐하의 전향은 어찌 그리도 빠르신 것입니까?"

몽주는 1746년, 프랑스 중동부 부르고뉴 지방의 본에서 태어난 기하학자이자 수학자로서 일생을 혁명에 바친 지식인이었습니다.

나폴레옹은 자신의 즉위에 동맹휴학으로 저항한 학생들에게 보복하기 위해 이들에 대한 기숙사비 지급제도를 즉각 폐지했습니다.

하지만 몽주는 자신의 월급으로 이들의 기숙사비를 대신 내주었습니다.

훗날 나폴레옹이 러시아 침공에 실패한 뒤 유럽 연합군이 프랑스를 침공했습니다. 그때 몽주는 67세의 고령에도 혁명을 수호하기 위해 방위군을 조직해 저항했습니다.

그리고 마침내 프랑스 혁명이 좌절되고 부르봉 왕가가 복원되었습니다.

하지만 그는 나폴레옹 지지자라는 이유로 모든 명예와 권리를 박탈당한 채 학교에서 추방당하고 말았습니다.

그는 이때의 충격으로 치매에 걸려 파리의 빈민가를 방황하다가 72세를 일기로 세상을 떠났습니다.

인생에는 수많은 시련이 도사리고 있습니다.
어떤 시련은 출발하려는 찰나에 발목을 잡고,
또 어떤 시련은 정상을 향해 나아가는 순간에 모습을 드러냅니다.

하지만 지레 겁먹고 좌절할 필요는 없습니다.
우리가 성공이라는 높은 산에 오를 재목인지 아닌지 신이 시험하려는 것이기 때문입니다.

어떤 시련이 닥치더라도 당당하게 걸어가십시오.
이 세상에는 우리가 이겨내지 못할 시련은 없으니까요.

4장_ 제대로 실패해본 사람은 기회를 놓치지 않는다

당신은 시련보다 더 크고 강한 사람입니다.
시련이 닥치더라도 당당하게 맞장 뜨십시오.
결국 당신이 이기게 되어 있으니까요.

14

청어 대가리 속의 금화

나는 지금 행복한가 하고 자기 자신에게 물어보면
그 순간 행복하지 못하다고 느끼게 된다.
- J. S. 밀

 바흐는 음악에 빠져 자신의 일을 내팽개치곤 했습니다.

특히 젊은 날에는 유명한 오르간 연주를 들으려고 춥고 힘들고
배고픈 무전여행을 하기 일쑤였습니다.

다음 이야기는 그가 열여덟 살이었을 때의 이야기입니다.

바흐는 아른슈타트에서 모처럼 교회 오르간 연주자라는 그럴듯
한 직장을 가졌습니다.

그런데 어느 날 그가 교회 책임자에게 느닷없이 4주간의 휴가를
달라고 했습니다. 이유는 뤼베크로 가서 북스테후데의 오르간 연주를

기어이 듣고 와야 한다는 것이었습니다.

"저에게 4주 동안만 휴가를 주셨으면 합니다."

교회 책임자는 그의 갑작스런 휴가 요청에 깜짝 놀라며 물었습니다.

"갑자기 웬 여행이야? 그것도 4주씩이나?"

그는 마음속으로 꼭 북스테후데의 오르간 연주를 듣겠다고 마음 먹었기에 큰 소리로 대답했습니다.

"네. 뤼베크까지 가야 하거든요."
"뤼베크? 아니 거길 걸어서 간단 말인가?"
"네."

엄포를 놓거나 달래서 그를 붙잡아 두려던 교회 책임자는 그만 말문이 막혔습니다. 북스테후데는 그 당시 가장 위대한 작곡가이자 손꼽히는 오르간 연주자였기 때문이었습니다.
하지만 뤼베크까지는 300킬로미터가 훨씬 넘는 아주 먼 거리였습니다. 걸어서 갔다가 다시 되돌아오려면 꼬박 4주일이 걸릴 터였습니다. 4주면 당장 일요 예배를 네 번씩이나 오르간 없이 치러야 한다는 뜻이었습니다.

교회 책임자는 끝내 바흐의 열성에 손들고 말았습니다. 그리고 바흐는 장장 16주, 즉 4개월 만에 돌아왔습니다.

바흐는 더 어린 열다섯 살 소년 때도 라인켄의 오르간 연주를 들으러 함부르크에 자주 다니곤 했습니다.

그의 부인은 이렇게 회고했습니다.

"남편은 동전 한 닢도 없어 아무것도 먹지 못했던 적도 있었습니다. 발은 부르트고, 앞으로 갈 길은 막막하고, 그렇게 여관 옆 벤치에 맥없이 앉아 있었답니다. 그런데 마침 창문이 열리면서 청어 대가리 2개가 떨어져 그거라도 먹으려고 집어 들었답니다. 그런데 그 대가리 속에 덴마크 금화가 한 닢씩 들어 있더라는 겁니다. 남편은 배불리 먹은 것은 물론이고, 함부르크 여행도 몇 번 더 갈 수 있었다고 했습니다. 남편은 그때의 은혜를 생각해서 청어 요리는 언제나 즐겨 잡수셨답니다."

4장_ 제대로 실패해본 사람은 기회를 놓치지 않는다

우리 주위에는 자신의 일을 열정적으로 하는 사람들이 있습니다.
그런 사람들은 마지못해 일하는 사람들과는 다르다는 것을 알 수 있습니다.

먼저 최선을 다하기에 많은 사람들로부터 인정을 받는다는 것입니다.
자신의 일을 사랑하고 관심을 가지기 때문입니다.
진정 자신이 원해서 일하는 사람 앞에서는 어떤 시련도 장애가 될 수 없습니다.

여러분, 지금 하고 있는 일이 그저 생계를 위한 수단이지는 않습니까?

하지만 그 일 속에는 분명 자신이 좋아하는 부분이 있을 겁니다.
무엇보다 자신이 좋아하는 그 부분을 찾아내야 합니다.
찾았다면 앞으로 일은 더 이상 괴로움의 대상이 되지 않을 것이기 때문입니다.

지금 당신은 꿈을 위해 일을 하고 있습니까?
생계를 위해 일을 하고 있습니까?

4장_ 제대로 실패해본 사람은 기회를 놓치지 않는다

15

자신의 위치를 아는 사람

질서 있는 모습이 아름다움을 결정한다.
― 펄 벅

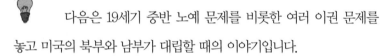　　다음은 19세기 중반 노예 문제를 비롯한 여러 이권 문제를
놓고 미국의 북부와 남부가 대립할 때의 이야기입니다.

　　버지니아 주 피츠버그에서 참전한 로저 아킨슨 프리아는, 남부군
의 패배로 잊힌 인물 가운데 하나로 알려져 있습니다.

　　프리아는 전쟁터에서 군인으로서 최선을 다해 싸움에 임했습니
다. 결국 그는 그 공을 인정받아 남부 연합군의 조지프 존스턴 장군으
로부터 준장이라는 높은 직위에 임명받게 되었습니다. 조지프 장군은
부하들을 시켜 프리아에게 그 소식을 전하게 한 뒤 취임식에 꼭 참석
하라는 당부를 잊지 않았습니다.

　　며칠 뒤 취임식 날, 조지프 장군은 프리아를 기다렸습니다.

하지만 그는 나타나지 않았습니다. 대신 병사 한 사람이 급하게 편지 한 통을 들고 조지프 장군을 찾아왔습니다.

"친애하는 조지프 장군님! 그동안의 제 노력을 높이 평가해주셔서 무척 감사합니다. 또, 부족한 저에게 준장이라는 막중한 임무를 맡겨주셔서 무엇보다 영광스럽게 생각합니다. 그러나 유감스럽게도 저는 장군님의 명령을 따를 수 없습니다.

지금 우리 남부 연합군에는 병사들을 이끌어줄 장군이 너무 많습니다. 전쟁터에는 장군 못지않게 그 뒤에서 열심히 싸워줄 병사가 더 많이 필요하다고 생각합니다. 저는 병사로서 제 임무에 충실하겠습니다."

1862년 프리아는 끝내 조지프 장군의 임명을 거부하고 전쟁 지역으로 돌아갔습니다.

그는 전쟁이 끝날 때까지 사병으로서 자신의 임무에 충실했습니다. 결국 남부 연합군의 패배로 인해 그의 아름다운 헌신은 묻혀버렸지만 그는 진정한 군인이었습니다.

4장_ 제대로 실패해본 사람은 기회를 놓치지 않는다

숲에는 꽃이 풀과 한데 뒤섞여 피어 있습니다.
또, 강가에는 돌멩이들이 아무렇게나 흩어져 있습니다.
그러나 자세히 보면 꽃과 풀, 돌멩이들은 무질서하게 있는 것이 아닙니다.
그 모든 것들은 자신의 자리를 지키며 서 있습니다.
그러기에 숲과 강이 아름다운 것입니다.

사람도 자신의 위치를 알아야 합니다.
세상에는 넓고 다양한 일들이 있지만 정작 자신에게 맞는 일은 단 한 가지입니다.
어쩌면 우리는 그 한 가지 일을 찾기 위해 수많은 시행착오를 겪는 것인지도 모릅니다.

16

성공으로 가는 열정

성공을 확신하는 것이 성공에 이르는 첫걸음이다.
- 로버트 H.슐러

아름다운 노래 '화이트 크리스마스'는 1942년 어빙 벌린에 의해 탄생되었습니다. 이 곡은 어빙 벌린이 작사, 작곡하고 빙 크로스비가 불러 많은 사람들에게 사랑을 받았습니다.

이 노래가 발표되자 순식간에 3천만 장이 넘는 앨범이 팔렸습니다. 기네스북에 오를 정도로 많은 사랑을 받은 '화이트 크리스마스'는 어빙 벌린에게 작곡가로서의 최고의 성공을 가져다주었습니다.

어빙 벌린은 러시아의 시베리아 테문에서 태어났습니다.

그가 네 살 때 가족은 미국으로 건너갔지만 그들의 생활은 너무나 어려웠습니다. 또, 아버지마저 세상을 떠났습니다. 아버지마저 세상을 떠나자 그들의 생활은 하루하루가 고된 날의 연속이었습니다.

어빙 벌린은 온갖 일을 하면서 음악을 공부해 작사, 작곡을 시작
했습니다.

그는 어떤 어려운 상황에서도 음악 공부를 포기하지 않았습니다.

초등학교 2년을 다니다 중퇴한 것이 그가 받은 정규교육의 전부
였습니다. 또, 음악학교 근처에는 가보지도 못했습니다. 그런 그가 궁
핍한 생활 속에서도 음악을 계속할 수 있었던 것은 자신이 직접 아름
다운 음악을 만들어보겠다는 집념 하나 때문이었습니다. 그에게는 음
악을 통해 명성을 얻으려는 욕심보다 누구나 느끼고 즐길 수 음악을
만들고 싶은 마음이 전부였습니다.

1929년, 경제공황으로 직장을 잃고 주머니에 동전이 한 푼 남아
있지 않을 때도 그는 오히려 "잘됐군. 이제는 정말로 좋아하는 작곡만
실컷 할 수 있겠어."라며 오히려 행복한 웃음을 지었습니다. 이러한 열
정이 있었기에 힘든 여건을 극복하고 많은 사람들에게 감동을 준 '화
이트 크리스마스'를 만들 수 있었습니다.

어빙 벌린은 '화이트 크리스마스' 외에도 '알렉산더스 랙타임밴
드', '올웨이스', '이스터 퍼레이드', '실버 벨' 등 많은 불후의 명곡들을
탄생시켰습니다.

세상에 강한 의지로 이루어낼 수 없는 일은 없습니다. 단지 해보
지도 않고 쉽게 포기하기에 불가능한 일처럼 생각될 뿐입니다.

성공에 대해 벤저민 디즈레일리는 이렇게 말했습니다.

"성공의 비결은 목적의 불변에 있다. 하나의 목표를 가지고 꾸준히 나아간다면 성공한다. 사람들이 성공하지 못하는 것은 처음부터 끝까지 한길로 나아가지 않았기 때문이다. 최선을 다해서 뚫고 나아간다면 만물을 굴복시킬 수 있다."

4장_ 제대로 실패해본 사람은 기회를 놓치지 않는다

시련이 닥치더라도 결코 포기하지 않는 강한 의지가 필요합니다.

우리가 원하는 성공도 목표를 향해 쉬지 않고 걸어갈 때
비로소 이룰 수 있는 것임을 잊지 말아야 합니다.
손을 주머니에 찔러 넣은 채 계단을 오를 수는 없습니다.
그렇듯이 성공도 자신의 모든 노력을 기울일 때 비로소 얻을 수 있습니다.

4장_ 제대로 실패해본 사람은 기회를 놓치지 않는다

하루 10분 글쓰기의 힘

초판 1쇄 인쇄 2019년 10월 18일
초판 1쇄 발행 2019년 10월 23일

지 은 이 **김도사**
펴 낸 이 **권동희**
펴 낸 곳 **위닝북스**
기   획 **김도사**
책임편집 **김진주**
디 자 인 **박정호 김하늘**
마 케 팅 **포민정**

출판등록 **제312-2012-000040호**
주   소 **경기도 성남시 분당구 백현로 97 다운타운빌딩 2층 201호**
전   화 **070-4024-7286**
이 메 일 **no1_winningbooks@naver.com**
홈페이지 **www.wbooks.co.kr**

ⓒ위닝북스(저자와 맺은 특약에 따라 검인을 생략합니다)
ISBN 979-11-6415-041-0 (03810)

이 도서의 국립중앙도서관 출판도서목록(CIP)은 서지정보유통지원시스템
홈페이지(http://seoji.nl.go.kr)와 국가자료공동목록시스템(http://www.nl.go.
kr/kolisnet)에서 이용하실 수 있습니다.(CIP제어번호: CIP2019039585)

위닝북스는 독자 여러분의 책에 관한 아이디어와 원고 투고를 설레는
마음으로 기다리고 있습니다. 책으로 엮기를 원하는 아이디어가 있으신 분은
이메일 no1_winningbooks@naver.com으로 간단한 개요와 취지, 연락
처 등을 보내주세요. 망설이지 말고 문을 두드리세요. 꿈이 이루어집니다.

※ 책값은 뒤표지에 있습니다.
※ 잘못 만들어진 책은 구입하신 서점에서 교환해 드립니다.